食味人间成百年

李燕燕 著

重庆出版集团 重庆出版社

图书在版编目（CIP）数据

食味人间成百年 / 李燕燕著 . — 重庆 : 重庆出版社，2023.6
ISBN 978-7-229-17613-6

Ⅰ．①食… Ⅱ．①李… Ⅲ．①纪实文学－作品集－中国－当代 Ⅳ．① I25

中国版本图书馆 CIP 数据核字（2023）第 078387 号

食味人间成百年
SHIWEI RENJIAN CHENG BAINIAN
李燕燕　著

选题策划：李　子
责任编辑：李　子
责任校对：杨　婧
版式设计：侯　建

重庆出版集团
重庆出版社　出版

重庆市南岸区南滨路 162 号 1 幢　邮政编码：400061　http://www.cqph.com
重庆市国丰印务有限责任公司印刷
重庆出版集团图书发行有限公司发行
E-MAIL:fxchu@cqph.com　邮购电话：023-61520646
全国新华书店经销

开本：880mm×1 230mm　1/32　印张：7.375　字数：206 千
2023 年 6 月第 1 版　2023 年 6 月第 1 次印刷
ISBN 978-7-229-17613-6
定价：45.00 元

如有印装质量问题，请向本集团图书发行有限公司调换：023-61520678

版权所有　侵权必究

代序

一位非虚构写作者的"非虚构"

她写了《天使PK魔鬼》,讲述一位绝症女孩在生命的最后一段时光微笑面对生活的故事;她写了《山城不可见的故事》,展现了一组底层劳动者的生存图景;她写了《老大姐传》,使我们了解了一位坚持活出自我的农村女性的潇洒一生;她写了《杂病记》,人吃五谷杂粮生百病,病却可见世间百态;她写了《老漂族》,展现为帮儿女带孩子客居异乡的老人的际遇;她写了《食味人间成百年》,有时吃一种食物,也是怀念一个人的一种方式;她写了《无声之辩》,以

"中国首位手语律师"的人生传奇为主线，以文学的形式向三千万聋哑人伸出援助之手；她写了《社区现场》，深入挖掘并讲述了社区各种接地气的百姓烟火故事；她写了《我的声音，唤你回头》，这是《民法典》与"非虚构"的首次相遇；她写了《疾病之耻》，善意提醒人们正视积弊甚深的疾病误解……

她是当下《北京文学》《中国作家》《解放军文艺》《山西文学》等文学杂志青睐的一个非虚构写作者。她叫李燕燕，许多人称呼她"燕子"。

‖退役女军人‖

从地方大学毕业后，燕子是带着父母的叮嘱和期盼走进某军医大学机关的。正常情况下，她应该努力的方向是成为一个组织处或宣传处写材料的"笔杆子"，可她虽中文系毕业，"写材料"却并不在行。起先，燕子并不清楚为什么会这样，也努力学习公文写作，可是收效甚微。直到后来，一位领导提醒她："要写好材料，你得先琢磨琢磨领导的心思，看看人家究竟在会上想讲些什么。"她这才恍然大悟：原来自己从来就没有观察领导"在想什么"的习惯。

在"老机关"看来，燕子就是个没长心眼的傻丫头。瞧，别人在《解放军报》发了个"豆腐块",还要藏着掖着绝不声张,可这丫头却不。她一有东西发表,就到处与人炫耀,很是"高调","太不稳重"。燕子的高调,延续了若干年,哪怕在高手如云的鲁迅文学院,她依然毫不避讳地推介自觉拿得出手的作品以及她所认知的"非虚构"。

那个时候,燕子在军医大学还是蛮出名,年轻的她尤其"擅长"写舞台剧的脚本。当然,这所谓的"擅长",在真正做舞台剧的人看来却是"很业余"。当然,做这些根本不可能让燕子成为大机关不可或缺的"人才"。所以,有将近十年的时间,燕子陷入迷茫,很多东西拿不起可又放不下。多年以后,她才知道,当时的迷茫来自于不自知。

燕子的父母是历经坎坷的"50后",又在20世纪90年代双双因为企业不景气而提前退休。窘迫的生活情形使得他们格外"求稳",所以他们要求女儿要捧稳一个"铁饭碗"。女儿毕业后的路子,父母很满意。

在一次采风活动中,燕子大起胆子在一位茅盾文学奖获奖作家以及一群文艺创作骨干的面前,表演了一个很业余的单口剧。没想到,那位著名作家连声叫好。燕子告诉他这个剧是自己原创的,结果他对她说:"好好写下去,我看好你!"

来自茅奖获得者的鼓励,让小小的业余作者受宠若惊。那一夜燕子翻来覆去,想到了很多。原来,从大学时代开始,她就开始了写作,写小说、写散文,甚至还和同学一起创建了学生社团——新青年文学社。围绕着校园招新,"新青年文学社"与早就存在的"太平洋文学社"展开了激烈竞争。值得一提的是,当年曾与燕子一度争得水火不容的"太平洋文学社"社长,也是她的师兄,如今已是四川一位名气响亮的诗人。

"文人意味着一生受穷。"父亲曾一再跟她说。所以工作以后燕子从未想过正儿八经搞文学。这次采风前,她的大部分创作都是基于"工作需要"。

以采风为转折点,她开始更多地创作"工作以外的东西",并渐渐"上瘾"。这使她有机会进入解放军艺术学院学习。在那里,她大胆地把自己的一篇纪实作品发到一位报告文学名家在课堂上留下的邮箱里,原想着大概率是石沉大海无音讯,但那位名家几天后居然给她回复了:"你很适合写报告文学。"让她感动又惊喜。

2015年夏天,在解放军艺术学院学习结束的燕子,突然得知一个消息,事关能否继续穿军装以及前路如何,自认长期"不务正业"的她莫名慌了。倒是一位熟识的文学编辑给她打电话:"无论你到什么地方,只要是你热爱的,就一条道走到黑。"这话让她至今印象深刻。

2017年燕子成为了一名军队自主择业的转业干部,抓住机会来到鲁迅文学院学习,从此,开启了她近乎专业的写作之路。

【自由撰稿人】

首先得认可自己的选择——

毕竟，捧了将近二十年"铁饭碗"，每每身后有个组织，一朝离开还真的不适应；何况，人都是讲"面子"的，平台就是"面子"的载体呀！

这就是燕子脱掉军装第一时间跑去某师范学院做聘任教师最真实的想法：有人问，我就跟他说，我在某某大学教书哩！

当然，这个工作燕子并没有做多久。她要跑很多采访。

2019年，燕子仍然不敢坦然承认自己是个"自由撰稿人"，那时她更喜欢向大家介绍自己的社会头衔，比如某区作协副主席、某学会副会长之类。

2023年，四十三岁的重庆市作家协会副主席李燕燕这些天在忙活一件事——修改自己的"百度百科"。她试图把"自由撰稿人"这个身份给加进简介，岂料这点小事没有预想中那么顺利，连续两次都"未审核过关"，理由是需要找到印证这一身份的相关资料。没有想到现在修改词条都这么严格！于是她又开始在所有被媒体发布过的带着"作者简介"的作品中去扒拉,可结果令人郁闷,暂时还找不着。

燕子说:"我真正认清了自己是谁,自己能做点什么。"

写作的门类很多,怎么最后就认准了写"非虚构"呢?

"因为今天的现实远比虚构精彩。"燕子回答。

二十六岁时,一场大手术之后,燕子迅速发胖,生活也遭遇许多困难,心态开始恶化。那些年微博很热闹,她常常趴在电脑前,用看热闹的心态寻找比自己还倒霉的人。直到燕子在微博上认识一位患绝症的女孩,并不经意间走进她的生活,陪伴她走过生命的最后一年,亲眼目睹亲情与现实、湮灭与重生等一对对复杂矛盾,在这场亲眼见证的生死别离中逐一展开,直击人性与人心。这是燕子人生中又一次重大转折,她由此顿悟:生活,包含太多美好!每一个平凡人,都是一段传奇。记下他们的故事,就是记下了一段生命独特的旅程,就是记下了这个时代。

非虚构的奥妙也就在此:创作,就是记录,是有血有肉的记录。

燕子就此明白了非虚构写作的重要意义。既然是有血有肉的记录,自然要带着自己最诚挚的感情。试问,人们会对什么东西产生感情?那自然要么是自己最熟悉的东西,要么是自己的"心之所向"。

在燕子的笔下,尽见特殊题材和"小人物",从早期的《天使PK魔鬼》《山城不可见的故事》,再到《老大姐传》《杂病记》《老漂族》，再看《无声之辩》《我的声音，唤你回头》《社区现场》《师范生》《疾病之耻》……有人好意劝告她，如果拿不到好题材，恐怕你无论如何发表出版，拿国家大奖都无望。她呵呵一笑，没有回答。

"我一直认为，一个社会的法治、教育和对弱势群体的关爱程度，是彰显文明的最大标志。"燕子说，"我乃一介布衣，身边的人和事，其实也都是当下精彩的中国故事中的段落，那我就写这'一叶知秋'吧。"

在鲁院学习期间，燕子最爱吃的是"炒肝"和"卤煮"，全是下水杂碎。她喜欢到人多的街角小店，一边吃，一边顺带听一旁的食客操着"京片儿"讲故事。

做自己的文学

出去采访，燕子与受访者聊得热火朝天。

她是一个能够与那些街头巷尾的婆婆妈妈亲近的女子——花白头发常年随意扎一个马尾，夏天喜欢穿长过膝盖的女式衬衫，踩一双好走路的布鞋；冬天穿一件满布绒球的灰色大衣，配一双有许多折痕的旧运动鞋。因为耳朵不大好，所以说话嗓门很大。她和她们一聊半天。听别人讲述她兴致勃勃。她情感丰沛，很快也会沉浸到别人的故事中，幻想着自己也是其中的角色。所以，采访现场她的话特别多，问题也是一个接一个。

倘若有人又从侧面讲了一个故事，并且告诉燕子就在某个近郊的乡村，他可以帮忙联系受访者。那么没有开车的燕子就会轨道转公交再转"火三轮"跑到那个地方，一路小心翼翼躲着狗直到找着站在农家院落门口的大姐。

有朋友开玩笑："现在人贩子多得很，你不怕遭拐走啊？"

"我有啥呀？要相貌老了，要身材没有，所以不怕！"燕子哈哈大笑回答。

吃大姐临时做的农家饭她津津有味，和下力的人一块儿蹲着吃饭她也有滋有味。她不喜欢留影照相，说很多东西搁在心里就好。

回家后，活跃的燕子立刻安静下来。在书房里，她消化着别人的故事，也留意着自己走进那个故事的步履节奏。

在一个将要步入中年的女人那里，即使再与文学关联紧密，文学也不可能成为生活的全部。燕子的日常其实有很多老百姓常见的烦心事，比如，没有余钱在住宅附近再买或租一套房子给父母保持"一碗汤的距离"，导致一地鸡毛的时候，她会感叹"其实好多事情都是可以拿钱解决的"；看到知名同行在朋友圈里秀着山水情趣、情调生活，她会感叹"他们真的跟我不同"；她会在某次获奖或拿到上万元稿酬时请几个要好的朋友吃顿火锅，朋友能让火锅店打个七折让她很高兴，接下来会在心里暗暗盘算这些钱可以有哪些用途：是不是可以给孩子报个班，是不是给父母报个"纯玩团"……可让人称奇的是，生活中的烦心事也屡屡被燕子当做了"非虚构"写作素材：在她的写作概念里，深刻体悟过的生活与熟悉的人和事一样，都能写。

燕子曾在《文艺报》上发表过《非虚构呈现生活的特点》，她在其中表达过自己的观点：

"非虚构写作，只要属于这种类型，最大的任务，就是尽可能地呈现生活的'六十个面'——是的，生活有'六十个面'，甚至远远不止。我们究竟能看见多少个面？我们所见的真实就一定真实吗？甚至我们的视角，亦有平视、仰视、俯视之分。所以，写作者最需要的是在呈现手段上下功夫——'如何呈现给读者'是作家的本领，'感受评判'是读者的权利。"

在坦承自由撰稿人身份的同时，燕子也明白自己应当如何面对创作上必须面对的现实，自由撰稿人所有的只有真正拿得出手的作品以及把文学作为信仰的刊物。她十分清醒，亦愈加勤奋。所以，甚少出现在文友面前的燕子给许多人留下了"闷声发稿"的印象。

"写作码字可以让我暂时忘却许多生活中的烦恼。"她一边打字一边吃零食，不知不觉就是一天。

四十三岁的燕子最近一年更是在学习拒绝——

拒绝写即使报酬不错却不能入心的"命题作文";拒绝写当初只是为了应对工作但实际并不在行的各种剧本;甚至为了拒绝盲目跟风而退出了许多群……

不问结果,一切静待岁月安排。

秦湄毳

写于 2023 年 3 月

作者系河南省文学院签约作家、鲁迅文学院第三十三届高研班学员,也是李燕燕的鲁院同学

目录

代序:一位非虚构写作者的"非虚构"
/ 1

食味人间成百年
/ 1

杂病记
/ 57

老大姐传
/ 107

师范生
/ 141

老厂记
/ 183

她们
/ 211

食味人间成百年

在我回顾并整理各式川西特色小食的过程中,记忆的碎片在不知不觉间逐渐复原成整块,对,一个个整块的故事,甚至,整块整块的故事并未在时间衔接游走的缝隙间发生错位或者变形。只是,食物生发的气息,竟幻化成一架有形的螺旋楼梯,让我自上而下走到这些故事的深处。

【一】

2019年。还有一个多礼拜就是猪年春节，亲友群里收到二舅妈的邀约，让大家记得腊月二十八到她那里去团年。她特意说明，这次还是在家里弄。

我是第一个答"收到"的。凡是认为自己擅长做饭的人，都想在合家聚会的场合露一手，我也是这种想法——这次一定去二舅妈家亲自露一手，谁叫她还有一帮亲戚以前老调侃我"笨女子"。其实几年前在二舅妈家团年时，我就想把刚做熟的几样拿手好菜端上台面，岂知那一年单位突然安排紧急值班。等我从重庆赶到广汉，二舅妈已经喜滋滋地把她亲手做的十四样菜全数端上了桌。我知道，二舅妈素来以"厨艺好"为荣，在她屋头，各式厨具齐全且囊括传统与现代。像古董一般的杵，据说是祖辈们传下来的，百年间贤惠的川西主妇拿着此物捣碎过无数海椒花椒，杵头闪着永远也抹不去的微红油光；最新式的刮丝器，从土豆上刮下比火柴梗还要轻薄的细丝，轻飘飘洒个一碗，便可以调上鸡蛋、挂上面糊做油炸土豆丝饼了；而且，各式川味调料不缺，绝大部分是二舅妈自己做的，最绝的是，连制作工艺繁复的红油豆瓣都是自家发酵的。

我七十岁的父亲对于自制豆制品一向不赞同，他觉得豆类发酵过程中的细菌走向由不得人控制,"有害细菌又不听你招呼,该长就发疯长"。他特别害怕"黄曲霉素"中毒。父亲乐于接受新鲜事物,2015年他就开始使用智能手机,每天大把时间都拿着手机,一看见有些惊悚的新闻或者视频,就赶紧跑到我们跟前,或是连发微信链接报信警示。据他所见,"黄曲霉素"中毒致癌的新闻屡屡在手机APP里出现。

"啫,瞎吃豆瓣酱要死人的。"父亲紧张地跟母亲说。母亲此时正准备从罐装"郫县豆瓣"里舀出一大勺放进铁锅,锅里嗞嗞冒油的半肥半瘦的"坐墩"大肉片正期待着这一勺"灵魂作料"到来,然后在变身地道"回锅肉"的路途上,又前进了一大步。

"要小心,肯定是这个东西出了好多事,所以人家新闻才要反复提醒。"父亲提醒道,"我倒是一直对那些腌制发酵的东西有警觉,偏偏弄川菜又离不得。"

"爸,那是因为你热衷看这类新闻,所以那些平台才会不停给您推送这类信息。"我不以为然。这样的经验处处有,我喜欢看"知乎",以前偶然点开过一两则关于"有没有很年轻就得癌"的经验问答;这下我再打开"知乎",几乎首页上满屏的问答都是"癌""绝症"或者"肺、甲状腺结节要不要治疗",看得我心惊肉跳。

"不要怕,这个'郫县豆瓣'那么有名,出了事不怕砸招牌?他不敢乱整。"母亲说。此时,回锅肉特有的酱香气息已经四散游走,甚至穿过阳台,向楼上楼下左邻右舍招呼:硬菜要上桌喽,还是当季青蒜苗炒的呢!

回锅肉发出的酱香是一种非常复杂的气味组合,达到沸点的金黄菜籽油和红油豆瓣酱、豆豉碎、甜面酱等一干作料配合翻炒,众物合一就是要突出肉香——至于这个,很大程度来源于豆瓣酱遇见热油之后发生的高温反应。究竟是怎样的"化学过程",《舌尖上的中国》专门做过介绍,在关于"川菜"的章节。像回锅肉这样的川式家常菜气味浓烈,邻居们喜闻乐见:"看,哪家又在弄什么了?闻起来就好吃呀!"但定居欧洲的朋友却告诉我,她都不大敢在自己公寓里炒菜,因为弥漫出去的气味引得隔壁白人邻居报了警。

红油豆瓣是回锅肉的灵魂,也是烹饪豆瓣鱼、水煮肉片、魔芋烧鸭、麻婆豆腐等知名川菜的关键用料,红油豆瓣的制作程序多且繁复异常。二舅妈跟我说过,这几年她之所以费工费时自制红油豆瓣,是因为早已声名远播的"郫县豆瓣"越来越没香味,就跟现在街上卖的"银丝面"一样,再也寻不回原先的精致范儿了。

很多时候,机器生产的确规模大又省事,可食物是需要人的诚意的,制作的人要亲力亲为、尝尽甘苦,方才得天意眷顾,赐下与付出相匹配的美味,吃的人则要心心念念、不骄不躁,方才能将一份食物的情与意一直延续下去。

上述这段文绉绉的话,是我归纳总结的二舅妈的表达内容。她的原话，是夹着一些粗话和俗气故事的。

我告诉父母，二舅妈又要在家里招呼大家团年了。父亲"嗯"了一声，接着仍然对二舅妈的"自制豆瓣"和"自制皮蛋"表示不放心。母亲冷笑了一下，一面把锅里的回锅肉铲出来装盘，一面说，早就知道你那个二舅妈要这么干，她呀，银子钱能抠摸出一钱算一钱。

二十四个人的亲友群，除了我率先回应，一片沉寂。又过了半晌，才有其他人回应，稀稀拉拉。有人问，怎么这么喜欢家里弄菜，洗碗也是麻烦的呀。有人帮着答，乐在其中呗。幺舅舅在微信群里发了两个表情符号，一个是露齿大笑，一个是竖起食指"嘘"的滑稽模样。之后，就没人再有异议了，团年的事情算是定了下来。

腊月二十八的团年饭，一直是母亲那边的特色。母亲有四个兄弟姊妹。按说，大年三十晚上团年才是正经的，可兄弟姊妹们各自成家，除夕夜大抵得各回各家，于是折中一下，一大家子人既能聚在一起，又得沾上过年的喜庆，腊月二十八自然最合适。团完大家的年，再赶回小家，还有一天的时间来准备年三十的菜肴。此外，顺便还可以在广汉买只"缠丝兔"或者买根"镶肝"。"缠丝兔"又叫"红兔子"，是先腌制再卤最后风干的独特腊味，通体红彤彤的颇为喜庆，风干时用布绳绑紧兔身，几乎不留缝隙，待吃的时候切成小块，搁在米饭上蒸热，雪白的浸透盐卤的兔肉略带一丝水分，用手撕着吃最香。"镶肝"，就是在腊猪肝中间钻出一个洞，然后塞进一条腌制过的肥肉，切片蒸出来样子很好看，黄白相间，有些铜钱的形象。吃的时候，腊肝抵消了肥肉的腻味，让人一片接一片吃得停不下来。二舅妈原本是做饮食生意的，便说这"镶肝"也不值什么，本来腌腊店出去买肉，买得便宜是要搭肥肉的，现在比不得几十年前，白滋滋的肥肉谁要呀，"镶肝"反而把这些没人要、扔了又可惜的东西给盘贵了。哟，快二十元钱一斤了，不得了，我是不买那个的。

由各家轮着操持腊月二十八的"团年饭"，是外公外婆去世以后才有的事。

外公在世的时候，在家说一不二。团年他亲自向儿女发号施令，也亲自做菜，在一张大砧板上，把从肉铺王幺爸手里买来的半边猪肋骨宰得咚咚作响。我妈说，外公年轻的时候在铁路上工作，大半个月才回一次家，可兄弟姊妹们就想着盼着他回来。外婆一个人要料理那么多孩子，生活上、脾性上都特别糙。那个时候，外婆好不容易买点肉回来，就直接把肉切厚片，既不氽血水也不拍点姜末腌一下，直接和着白菜、土豆、粉条煮个大杂烩。有人说，这个好呀，不就是东北人吃的"乱炖"吗？可我们四川人并不喜欢这样。外婆怕孩子们弄坏屋里仅有的床单，于是冬天五个孩子的通铺还铺着苇草编的凉席。如果喊冷，外婆就说，你不要动，老老实实蜷着睡，一会儿就热乎了。外公与外婆不同。外公虽是铁路上的正式职工，可他能买到的肉也十分有限，饶是如此，哪怕只弄回一斤有肥有瘦的肉，他都要精致对待：肉分成两块，肥的那块做粉蒸肉，瘦的那块配莴笋片做炒肉丝。他还会特意留下一片肥肉，如果拿厚皮菜煮汤，把那片肥肉扔进汤里，清汤寡水瞬间有了滋味；天冷他若在家，就会毫不犹豫地从箱子里把床单翻出来，铺在孩子们的床上。

共情是件难事。外婆一人操持家务、带孩子又四处打零工，她的生活够苦，但幼小的孩子们只看得到表面，觉得母亲太凶又太吝啬，逢年过节从她那里要一分钱都很难，所以很难与她共情。同样，母亲也很难跟孩子们共情，所以，孩子叫苦会被屡屡认为是"娇气"。外公离得远，照顾不到家里，因此对儿女存着愧疚怜惜，在小孩跟前就显得慈祥了。等到这群孩子逐渐长大再为人父母，在这世间经历雨雪风霜，这才明白自己的父母当初各有艰难。

20世纪八九十年代，团年的大圆桌旁，外公坐在正中，一板一眼点评儿女一年的成就。待到外公在2003年去世，一张大圆桌已经坐不下子子孙孙一大家人了，于是，堂屋贴近卧室的位置，又架上一个小方桌，兴了规矩：大圆桌坐长辈，小方桌坐孩子。我是孙辈当中最大的孩子，勉强上了圆桌，小的表弟表妹便在方桌上玩闹。但无论大孩子还是小孩子，上桌后都无心吃菜，因为惦记着红包哩！吃一小会儿菜，便必得一起去给外婆拜年说吉祥话，然后就能得到长辈们的红包。

那时，母亲和她的兄弟姊妹已经各在一处，一年到头难见一面，亏得有外婆"坐镇"的团年饭，能把所有人聚拢来。外婆朝百岁上奔，家里人口越发多了，做年夜饭更加像个力气活儿，于是年年打主力的几个媳妇儿除了二舅妈，都开始想起了"简便招"——去饭店聚餐。但外婆在世时，大家只去过一次。坐在装潢考究的饭店包间里，头脑已经不大清醒的外婆紧皱着眉，几乎不大说话。饭店虽然开着暖气，但桌上的菜似乎凉得特别快，特意点的滋补的药膳鸡汤，面上的油气不知不觉就凝结成了一大片。缺牙的外婆还在费力咀嚼有些韧性的鸡肉，三舅妈赶紧替外婆盛汤。"哎，这汤都凉了。"二舅妈提醒道。是的，隔着碗，的确已经感觉不到汤的温度了，冬月间喝凉汤肠胃都不舒坦。

"是呀，汤都凉了，这儿又没地方热。"三舅妈感叹。

"不安逸。"外婆突然说话了。

后面三年，大家依旧聚在外婆家吃团年饭，几个媳妇儿一起上阵做菜。

外婆去世时，还差一个月满一百岁。上午说心口有点不舒服，下午打盹的时候就安详地走了。街坊邻居都说外婆有福气。

但团年饭的习惯还得继续。虽然外公外婆都不在了，老房子也拆迁了。几个兄弟姊妹商议，往后由各家轮着整团年饭，最好呢是在饭馆吃，方便又撇脱，吃了饭可以就近找个茶馆喝茶打牌。但亲兄弟之间还是要明算账，以前年夜饭的开销用的是老人家的"体己"，现在得大家一块凑钱，虽说各家都不算宽裕，但年尾各自拿个500块钱还是没问题。从大舅开始，他就找的一家像模像样的饭店，大大小小20号人，2500块钱用得紧紧张张，酒水都是大舅自己带的。轮到二舅，那一年，他恰好在外地给人帮忙，腊月二十九才回得来，于是三舅就先轮上了，同样也是在饭店吃的，花的钱还超过了2500元，超出的部分，都是自己帮补着。回头再轮到二舅家的时候，二舅妈就提出要在家里弄。那一年的团年饭，二舅妈在拆迁所得的房子的大客厅里摆了两桌，每桌十四样菜，包括红油鸡块、凉拌耳片、土豆烧甲鱼、毛血旺、豌豆蒸肥肠、糖醋排骨、大蒜黄腊丁、豆瓣鱼、魔芋烧鸭、酥肉汤等，主食是银丝面。那一年我值班来迟了，到达的时候桌子上摆得满满当当。待我去厨房盛银丝面，发现一只盘子里放了一层软烂的鲫鱼肉，看骨架形体该是几条一二两重的鲫瓜子，银丝面的底汤就是拿这些鲫瓜子熬的。

在我看来，这顿家宴够丰盛也十分精细，听说二舅母为此准备了三天，因为酥肉、鱼皮花生等都是需要提前制备的，费神费力。但其他人并不这样认为。忘了是谁最早算的一笔账，说那十几个菜的原材料去农贸市场买，统共不会超过八百块钱。换句话说,省下的一千多全部落进了二舅妈的腰包里。

"她这个人算盘一向立着打。"幺舅舅的话很是直接。看着哥嫂们在那里欲言又止,幺舅舅一语中的。

在外婆的几个儿媳妇里,二舅妈是唯一一个"没得工作的"。她出生在20世纪60年代中期,不是广汉本地人,老家在相隔不远的中江县,只上到小学二年级,就辍了学,跟家里人一起做"银丝面"的营生。20世纪80年代初,她跟着自己的二姐到广汉最繁华的麦市街附近开面馆,后来经人介绍同二舅相识相恋。实话讲,虽说"银丝面"是发源于中江、红遍川西的名小吃,二舅妈跟她姐姐经营面馆的生意很来钱,但在人们眼中,长相俊俏的二舅妈,个人条件并不好。因为她户口在乡下,又没有正经工作,二舅是国营厂子里的正式工,捧的是铁饭碗。这样一来,两人的地位高下立见。但自小便见惯世间百态的二舅妈泼辣且主动,据说她是先怀上孩子再跟二舅结婚的,属于"先上车后补票"。放在今天这不算什么,但在过去那些年头这种情况还是罕有,且难免被街坊邻居在背后指指点点。亲戚当中流传,当时厂子里有个女孩子也很喜欢二舅,人家的爸爸还是"老红军",家境特别好;可农村出身的二舅妈倒好,主动缠上二舅,还直接把"生米煮成熟饭",让二舅本来触手可及的好姻缘立时成了泡影,"紧跟着吃了一辈子苦"。大家看见的是,为了多挣点钱,退休且肺上有病的二舅还做着一份为超市送货的活儿,气喘吁吁地蹬个三轮在小城里奔波,寒天暑热,几乎一天不休。夜里也不得空,还要帮别人的铺子守夜。退休金加上打的两份工,一个月有六千多块钱,全数交给二舅妈。

"这女人有心眼。"这是几乎所有亲戚对二舅妈的评价。也因此,她做的每一件事情,大家都会延展开了去想,就像她坚持在家弄年夜饭,明明很辛苦的事情,但在人家眼里却是:"商贩思维,无利不起早,哼!"

二舅妈结束与姐姐一起开小面馆,是在她生下表弟桂娃的第二年。那一年,她姐姐得到了国营饭店的一份正式工作,各种流程很复杂,但结果很好——成为国营饭店面点厨师,专门做"银丝面",并且解决了城镇户口。没了姐姐,二舅妈一个人开面馆有些难以为继,中江做面人家各有分工、各有所长,二舅妈并不擅长制面,所以在旁人看来,这家原本地道的"银丝面"有点"变味了"。那一年,自由市场更发达,各种新鲜玩意悉数登场,吃食亦是如此,所谓"麻辣烫"开始大行其道。这里说的"麻辣烫",倒不是现在这种搁在麻辣鲜香红汤里煮出来蘸油碟吃的"火锅串串",是把各式串串放在五香卤汁煮好,再拿出来——撒上辣椒粉、花椒粉、五香粉、碎芝麻、葱花,最后再刷一层熟油。有的店主给客人端上一盘盘串串时,还附带一个小碟子,里面是蒜蓉、蒜汁,喜欢的客人可以蘸着吃。那时候串串的食材,主要包括平菇、土豆片、豆皮、菜叶之类，几乎都是素菜，午餐肉和血旺是切块格外另算的。看"银丝面"卖得不大好了，二舅妈就开始跟风卖起"麻辣烫"。客人吃"麻辣烫"，"二荆条"打磨的辣椒粉很凶，嘴巴发烧遭不住，这个时候如果叫一碗"银丝面"，汤汤水水喝下肚，辣压下去了，瘾又起来了，就可以接着撸串。可见，"麻辣烫"和"银丝面"是可以相得益彰的。如果是夏天，还可以磨些冰粉，冰冰凉凉很适合吃串时来一碗。可这样一来，经营品种太多太杂，二舅妈完全忙不过来了，她便把外婆动员来帮忙。据说，她没有给过外婆任何报酬。大舅妈爱给老人家打个"抱不平"，说二舅妈"占屋头老人家的便宜"，二舅妈倒也不慌不忙："我记得大侄儿是妈一手拉扯大的，兄弟姊妹们给妈的零花钱，也少不了大侄儿的吧！我家桂娃从小体弱多病，倒也没麻烦哪个老的来帮忙。只是，谁到一定的时候还没有个难处呢？"几句话，大舅妈就遭怼回去了。面儿上，二舅妈也慷慨，亲戚们路过来她店坐坐的，总是要奉上点鸡腿、烤玉米之类。

"她家的冰粉也只有卖给那些不知底细的人吃，去她屋里看看吧，那么一大桶就直接摆在厕所里，吃得下去不？'银丝面'的面汤拿菜市捡回来的光骨头炖，还放一堆味精调味。反正，我是不得占她半点便宜的。"大舅妈说。

据说，外婆过世，二舅妈自告奋勇承担了收拣衣服、被单等遗物的活儿，外婆床上的枕头被褥，二舅妈都一一经手。

有亲戚说她之所以这么做，是因为怀疑老人家会把戒指耳环等细软藏在这些地方。

二舅妈实在太精了，这几乎是共识了。

但我不介意二舅妈在家里弄团年饭。我大大咧咧，觉得去猜测别人的心思很累，但我喜欢一大家子人在一起热闹团聚的氛围，也迫切想要在大家跟前露露手艺。

不管怎样，亲友群最后也都一一应承了二舅妈。我在微信里告诉二舅妈，说我到时候要亲手做两道菜——水煮肉片和红油兔丁。她很快回话："好的，我把肉给你买起，你自己来做就行。"待到腊月二十八那天，我提前大半天就去了二舅妈那里，没有多的话，径直钻进厨房。话说二舅妈的厨房很大，几乎和我家主卧室有得一拼。且不说什么冰箱烤箱之类占地方的货，二舅妈在厨房搁了个一米六高的大柜子，里面满是瓶瓶罐罐，全是她自制的调料腌货。二舅妈五年前就没做生意了，余下的精力似乎都用来琢磨自家厨房里的那些事了。我要的原料——一块大约一斤多重的腰柳肉搁在一个大盘子里，旁边是一整碗粉红的已经切好块的生兔肉。二舅妈拉开燃气灶下方隐藏的橱柜，从一排七把菜刀里挑出一把递给我，下细一看，刀身一侧还阴刻着"十八子作"几个小字。我拿起那块腰柳肉，开始在案板上切片。二舅妈也不走，就站在旁边仔细看着。

"你这个刀法不行,肉片切得太厚,一会儿腌制的时候入不了味。"二舅妈说。

"你瞧,我这个肉片拿到灯底下一照都是透明的,还嫌厚?"我的回话没有好气。

"来,我切给你看下!"二舅妈直接把手伸过来,夺了我的刀,又大步走过来,直接占了我在案板跟前的位置。

她的刀法很利落,快速片下将近十块肉片后,她随意拎起其中一片,把那肉片展平整:"你看看,是不是跟纸一样薄?"我不得不点头。虽说二舅妈切的肉片跟纸片比厚薄,确实夸张了些,但这个肉片哪怕在有一点儿光亮的地方都是透明的。隔着肉片,能清楚看到指头的红晕。

"你二舅心子是野的,啥都敢想,可就是嘴巴刁。"二舅妈一得意,就开始絮絮叨叨陈年旧事。她说,当年二舅在工厂里升了车间主任,讨好巴结他的年轻女子就多了,有些男人遇见这种情况可能就不乐意回家了,可二舅中午十二点半、傍晚六点都是准点回家吃饭,因为他嫌工厂食堂饭菜太难吃,炒肉片呢肉片太厚里面夹生,炝莲白呢一点油气没有,"说到底,是我把他嘴巴喂刁了,人也养得恋家了"。

肉片腌上了,兔肉丁也在小锅里烹煮。接下来,我开始弄红油兔丁的调料。红油是这道凉拌菜的灵魂,通常由豆豉、辣椒油、花椒油、生抽、醋、白糖、蒜泥、葱花等调和而成。我问二舅妈要现成的"老干妈",她嘴角一撇:"你晓得,我从来不得去买这些,我这里有更好的东西。"她递给我小半块黑乎乎的豆豉,"这是我自己做的风豆豉,剁碎再拿土菜油翻炒,很香的。"交代完毕,又提过来小半桶黑乎乎的菜籽油,说这是她专门从老家托人弄的,村里人从自己地里收的菜籽用土法榨的,又好吃又难得。

可是呀,那土菜油油温很高,倒在热锅里,泡沫都还没散尽,烟子已经全部起来了,抽油烟机呼呼运作,也没法制止燃气灶上方烟雾弥漫,待到切碎的小半块豆豉入锅,立刻噼里啪啦,油星四溅,我反射性地跳起来闪躲一旁。

"看来你还是没有经常下厨房。"二舅妈在一旁打趣,顺手又接下了我刚刚扔在油锅里的锅铲。

结果,我自告奋勇要展示手艺的两道菜,最终都掺和了二舅妈的帮忙。

那天晚上十六道菜上桌,主食依然是热气腾腾、底汤奶白的银丝面。屋里人人口头夸赞,说是比大馆子弄的还丰盛。

"既然大家觉得比馆子头弄得安逸,那明年又到我屋头弄。反正都是一起凑钱嘛!"二舅妈还没喝酒,脸上已经红光满面。

二舅妈说这话时,大舅妈和三舅妈对视了一下。父亲快速地闻了闻靠他那边的一盘青椒拌皮蛋,然后表情放松下来;三舅夹起一块"羊尾酥",吃得有味,嘴里说好呀好呀,明年继续。三舅妈用力拍了拍三舅:"你怕是不知道自己血糖有多高,再这样猛吃这个——肥肉裹面粉油炸,又是糖,怕你不是作死?今年还没开吃就明年了……"

"这也没啥,一年到头偶尔吃点打打牙祭,不要紧的。要我说,你家刚子成日家在外头吃火锅吃江湖菜才真的不好,现在馆子卖的东西不保险,哪像我开店做生意那会儿那么实在?我说,要吃还是自家弄的最干净。把味道弄到位,不愁留不住那些嘴刁的年轻人。"三舅妈一头笑着说,一头指着她在德阳开汽车修理店的儿子、我的最有企图心的表弟桂娃。桂娃创业失败已经有三回了,二舅、二舅妈的血汗钱都裹了进去,这次做汽车修理店也就格外上心。桂娃罕有地提前一个小时回家,这会儿正跟三舅的儿子刚子抽烟摆谈。

"桂娃这小子,今天还回来得早,我以为你又要在外面跟你那些兄弟伙整顿潲水油大餐,深更半夜才归家呢!快点,把大红包掏出来,给你那些小侄儿小侄女一人散一个,今年从你开始啊!

"还有刚子,你也别坐着玩!勤快点,把你爷爷婆婆的碗筷酒杯子摆好!等他们从天上下来,先入席先吃,请他们保佑咱们。又是一年了。"

〖延伸之一〗

渐渐消失的银丝面

2019年腊月二十八那天，银丝面上桌的时候，照例是酒过三巡，桌上的硬菜小菜都吃得七七八八。川西坝子的硬菜跟小菜，十有七八都是看起来红彤彤吃起来辣乎乎，油荤、重口味还有白酒填了一肚子，这时候清淡而汤鲜的银丝面适时登场——先小啜着喝上几口面汤，再挑一小筷面丝入口，很熨帖。这种感觉，活像二舅妈那见过大世面、身为"国营饭店大厨"的二姐所说的：抿几口香片茶，然后听一场陈书舫的川剧，这叫一个巴适。

用二舅妈的话来说，如果不在腊月间，还做不成那么地道的银丝面呢。面丝是她年过六旬的二姐亲手制的。中江制面人有一套祖传的独特方法，传承数百年，制出的面丝可以细到穿针眼，而且韧性好不易断。熬汤用的鲫瓜子是刚刚上水的，熟人自己去野河里钓来的。至于配面的菜蔬，则是才长成的豌豆尖，还得掐好，不留一点老叶。据二舅妈讲，这些不是讲究，是正宗"银丝面"的应有之理。原先二姐带着她在麦市街开的小面馆，也不是一年四季都有银丝面供给食客。银丝面的供应，也就从深秋开始到次年初夏结束，因为豌豆开花了，鲫瓜子也过了最鲜的季节。"银丝面"源自中江，流行于川西，是无数"老成都"的"心头好"。说起来四川盆地历来讲究重口味,"银丝面"极有江南美食的模样,这样的小食能流行开来,自有它的奇特之处。

"做正宗银丝面,一切取材得恰到好处,体现的是实诚。人都喜欢实诚的东西。"二舅妈的二姐说。

就像一大盆取材适时的银丝面,在最合适的时间出现在团年饭的餐桌上。在连续数月的告别之后,一小碗银丝面在姐妹俩极尽简陋的小面馆再次出现,老食客们奔走相告,小店日日客满。

"那没有银丝面供应的时候,店里又供应些什么呢?"我问。

"卖些普通小食,抄手、包子、一般面条之类。"二舅妈答。

实际上,因为银丝面树立的好口碑,哪怕在没有银丝面的时节,小面馆也能留住一大批食客。他们觉得,店里的所有东西都用了心。

当初,一直坚持着在合适的时节做银丝面的是二舅妈的二姐。作为家族中最能干的女子,她掌握了祖传的制面技巧。二舅妈擅长熬汤做料,是她的有力助手。

直到20世纪90年代初,银丝面都是成都及周边区县最传统也最热门的小吃之一。二舅妈姐妹俩的小店,只是当时众多这种小吃店的一个缩影。店主执着,食客长情。

银丝面的品尝过程是慢悠悠的:先喝汤,汤是滚热的,须得一边吹一边小口小口啜,间或停在嘴里细细品味;待到面汤喝到一半,才开始吃面,面丝太细,几夹下去就没了,所以还得惜着吃,一次只挑上几根品味;吃完面,再吃豌豆尖,最后把剩下的小半碗汤喝光。吃银丝面的过程极有仪式感,自然也费时间。然而三十年前的人们是不紧不慢的,社会的竞争机制没有完全铺开来,悠闲是川西坝子城里人的常态。虽然说今天以成都为代表,遍地是茶馆,但茶客们也不是原先状态了,各种交易与筹码常常带到茶桌上,几个老友掏心窝子换成了相互的察言观色、暗自盘算,喝茶倒不知不觉成了工作的一部分。

  二舅妈那个能干至极的二姐去国营饭店做正式工,是在1990年。那一年国营饭店已经开始将员工的工资与经营状况紧紧联系,二姐的一手好面自然可以成为那里的招牌。在三层楼的大饭店里,深受众人抬爱、价格也在看涨的银丝面自然禁不起停做几月。经理找了固执的二姐商量对策,起先二姐还是坚持原来的想法,但架不住经理说的着实在理:"饭店有这么多员工要养,比不得你原来做小本经营,你瞧,你爱人还是这里的老员工哩!"于是,银丝面在这家国营饭店开始四季常有了。面,依然是二姐亲手制,依然能穿过针眼;大棚蔬菜未及推广,嫩嫩的豌豆尖只生长在特定的几个月,没有豌豆尖的时候,就拿莴笋叶、藤藤菜代替。也有老顾客抱怨说莴笋叶有"生腥气",藤藤菜煮在鱼汤里有苦味,那好,就把调味盐多放一点。刚上水的鲫瓜子未免苛刻了点,但每天去河边买野鱼也不现实。那时鱼饲料已经大量上市，鱼塘里多的是半斤重的大鲫鱼，这样的大鲫鱼弄个两三条就足以熬一天的底汤了。

离了会制面的二姐，二舅妈要继续开馆子，得去别的中江老乡那里买面，但她的汤头和配菜有几年倒还正宗。二姐偶尔下班也会到二舅妈那里坐坐，发点感慨："哎，这样下去，也不知道你这里能坚持多久。"

又过了两年，川西坝子已经遍地都是"重庆火锅"了，随着这种纯粹而躁性的麻辣来的，还有鼎鼎大名的"重庆小面"。与清淡的银丝面截然不同，一碗"重庆小面"全凭调料来提味儿——大红袍花椒、辣椒油、豆瓣酱、甜面酱、猪油、大葱、生姜、大蒜、盐、白糖、芝麻酱、酱油、香油、碎米芽菜、熟花生米、榨菜等近二十种。一碗重庆小面麻辣当先，面条筋道，汤鲜而厚味。在重庆当地，不论高低贵贱，食客都会往那露天搁着的凳子上一坐，盯着等着，一碗碗热腾腾、红艳艳的面条被跑堂小妹直接搁在汤汤水水还没来得及擦的桌子上，窝在一角跟陌生人"拼桌"是常事。要是赶上没桌子，又着急，就直接从小妹手头接过面，从边上抽来一根塑料凳，端碗吃，吃得快的五分钟搞定。在离成都市区不到五十公里的小城广汉，流行的是在"重庆小面"基础上略加调整的"麻辣牛肉面"，国营饭店里也卖，而且越来越受食客喜欢——工作繁忙，闲暇之余来个"一辣解千愁"，岂不痛快？随着加班、应酬的逐一到来，川西坝子有了停不下来的夜生活，"麻辣烫"红极一时。二舅妈的小店卖"麻辣烫"，后来兼搭卖烧烤，曾经主打的银丝面和冰粉、醪糟小汤圆一样，沦为配角。但是，主角也好，配角也罢，都是为了让食客多掏点钱，这本也是经营的初衷，毕竟，一手好面好料、薄利多销，只为赢得十里八乡赞誉的情形，已经被人们渐渐淡忘了。既然只是配角，自然也就不必太上心。于是，后来店里的银丝面，不光配菜随意，甚至连底汤都换成了骨头汤——这本是"麻辣烫"的煮制原料，"熬鲫鱼汤很费事的，要熬成奶白色，需要功夫火候的，必须先煎后煮再熬"。再往后，新晋美食越来越多，银丝面渐渐泯于一众用机器制作的"清汤面"面条中，也不再出现在川西坝子的"名小吃榜单"上。与此相对应的，那些昔日品着银丝面，约在一块听陈书舫唱戏的老食客，也纷纷老去作古了。

  银丝面虽已不多见于街面小吃，但好在还有人记着它，在川西坝子的家宴，它还存在。与它一起存在的，还有腊月二十八团年饭结束后，喝茶聊天的间歇端上桌的"宫廷糕点"。这些点心，是我从成都文殊坊专门带过来的——葱油酥，透着几层酥皮隐隐可以得见碧绿的葱花，搁一块儿在纸上，小会儿工夫便是扩散开来的一片油花。原来，在讲究点儿的人都嫌弃动物脂肪的当下，这点心还在依照数百年传承的古法拿猪油做底，似乎不甚健康，但好吃却是一定的。我去买时，文殊坊"宫廷糕点"铺前排着长队。这个景象每年如此,但仔细看看,队伍里几乎都是花白头发的老人,这些或许是真正被传统点心留住的人。

【二】

长期以来,我在亲戚中一直被取笑,说我"笨",因为他们的印象一直停留在二十多年前:瞧,一个挺大的女娃子,竟然不会炒菜做饭,并且不会这些的主要原因是怕烫,没出息。

大约二十六年前,好管闲事的二舅妈拍胸脯说她一定能教会我,因为她觉得我"怕烫"完全是一个借口,"本质就是不想做家务"。于是她手把手带着我学做莴笋炒肉片,据说这是川西入门家常菜。铁锅里同样搁着那种沸点很高的土菜籽油,好不容易在烟雾缭绕中等底油消完泡沫,润湿的裹着芡粉的肉片一下锅,就立时噼里啪啦爆成一片,慌乱躲闪间,一粒滚烫的油珠溅到我的手背。我尖叫一声,便扔下锅铲跑掉了。这一幕,自然也成了日后亲戚间一个搞笑的摆谈段子,以至于很多年之后,厨艺渐精的我非得找机会在大家面前显摆一番,以图颠覆一种固有形象。其实我明白,固有形象一旦树立是很难打破的,就像小时候,我父亲图方便,只有我跟他在家时,他就只煮一道菜——白水炖萝卜,然后拿酱油和辣椒油混合当蘸料。我偶然给外婆抱怨，后来亲戚就都知道了，"你爸只会煮白水萝卜"。就像旧宿舍徐婆婆三十多岁还未婚的儿子，平素依靠母亲煮饭吃，整天和母亲拌嘴吵架。母亲一怒之下出去和老姐妹郊游，结果那个儿子中午只好去买了一袋饼干和一瓶白酒权当午饭。下午徐婆婆回来看见醉倒在一片狼藉中的儿子，又好气又好笑，出去打牌顺便说起自己那孩子心气高脾气倔偏偏又笨，于是"徐婆婆的儿子离了他妈连口热饭都没得吃"便传遍了左邻右舍。

但从怕到不怕总是需要一个过程的。我读初二的时候，父亲厂子效益不好，他内退以后得去外面做事，母亲下班很晚，所以晚饭只能我自己解决。20世纪90年代初，盒饭非常少见，更不可能点外卖。国企大厂一般都在郊外，出了厂门周遭都是田坝或者是通往远方的大马路。就像我们那个内燃机厂，厂门口是宽阔的川陕路，20世纪八九十年代路上成日跑着大货车，马路两边空空荡荡除了田野啥都没有，厂里家属区的食堂只卖早饭和中饭，只有一个小卖部卖点零食。到了零几年才兴盛起来的"半边街"只有个空架子，当时只有一个小饭馆——"北方水饺"店，是厂里临时工老婆开的，里面的食客也大都是来自农村的临时工。父母再三叮嘱，千万不能去那家饺子店吃东西，因为他们进的猪肉不好，吃了会拉肚子。为了解决我的晚饭问题，母亲特意在中午留下了充足的饭菜，以便我在晚上分门别类拿出来热一热就可以吃了，不需用油锅,自然也不会有怕烫的问题。但是初中学业重,五点半放学,七点半要上晚自习,加上小孩子喜欢偷懒,把饭菜一样样拿出来热还是略有些麻烦,于是就自作主张找出一个小锅,把中午留的饭菜一股脑儿倒在一起,再把汤水倒进去,拧开燃气灶加热之后,一锅"烩饭"便新鲜出炉;尤其是在冬天,这种热腾腾又有些丰盛的感觉很好。

偶然赶早回家的母亲看我熟练做"烩饭",又习惯直接端住掉了把手的小锅锅身。我忍痛屏住一口气,快速移动到小方桌上,一系列动作极其连贯。"这个不烫吗?怕跟油锅里溅出的油珠子差不多吧!"她不解道。

到我初三的时候,性质类似"大杂烩"的重庆火锅已经在成都遍地开花了,并生了许多变种,还发展出自己独特的风格,以至于数十年以后,人们几乎都忘记了其实麻辣火锅的起源地是"重庆",而直接把"四川"与麻辣火锅挂钩。刚在川西坝子流行开的麻辣火锅,被人们视为待客上品,20世纪90年代中期,一说请客就说去吃火锅呗!其实,在我看来,麻辣火锅并不适合宴请尊贵的客人,因为过于浓郁的烟火气和席面上的不拘小节颇有些不上台面,正式点还是应该去饭店吃川菜。可那时传统川菜的热度已经远远比不上火锅了。许多在改革开放第一波大潮中淘到第一桶金的人,纷纷投资做火锅,师傅直接从重庆请。

那时,电视广告方兴未艾,老板们甚至直接将自己的发迹故事拍成方言电视剧,通过地方电视台大加传播。比如"T肥肠"火锅,找演"凌汤圆"的知名四川谐剧演员,来演老板本尊,只是我看见那个吨位至少以两百五十斤计的演员,便有些诧异:难道老板本尊也是这么个重量级?那之前"T肥肠"在报纸上宣传的老板是农村出身,干过各种体力活,吃过各种苦头,就不可信了。当然,名演员带动收视率加大传播力度肯定重要,但找来这样形象的名演员,使得身为投资人的火锅店老板想要还原的许多"名场面"产生了许多歧义,比如,老板的前妻是因为遇上一个富豪而见异思迁的,但电视剧里那个富豪看上去英俊潇洒且谈吐幽默,让观众觉得最重要的不是富豪有钱让虚荣的女人抛弃了自己的丈夫,而是富豪的外在条件与漂亮的女人更般配。本来,剧情伊始大家就觉得奇怪:为什么这么一个年轻美女要嫁给一贫如洗且肥胖如斯、举止粗俗的中年男人呢?

电视剧《T肥肠》毕竟让"T肥肠"火锅有了名气。"T肥肠"火锅属于典型的重庆味觉系,重油重辣,底料用大块牛油熬制,所以沸锅中倘若有汤水溅出,半分钟不到,便凝固成烛油般的形态。这种火锅的蘸料是芝麻油和蒜泥,大大区别于北方常用的蘸料芝麻酱。菜品包括肥肠、黄喉、鸭肠、毛肚等一众动物下水,还有些冰冻的海鲜,如冰砣子似的耗儿鱼、身体僵直的大白虾,等等。这家火锅店有好几个连锁店,总店就在火车北站附近,人流量很大。那时,我母亲已经从彭州客运汽车站调到了成都客运汽车总站。长途客运汽车的经营规则有了很多变化，驾驶员可以承包路线，也允许外面的车老板带车加盟，打破了过去单位上挣"死工资"的"按部就班"。这样一来，线路如何、好不好装客、怎样多跑几趟、怎样规避罚款等就显得尤为重要，"都望着多挣钱"的驾驶员之间，矛盾冲突不断。母亲是车站调度，主要负责协调车辆线路，常常给驾驶员们"和稀泥"，虽然他们的争端涉及利益都很烫手。她请那几个正吵得凶的驾驶员一块去单位附近的"T肥肠"吃火锅。开锅了，红油翻腾，第一波先放点黄喉、耗儿鱼、肥肠、牛蹄筋、牛肝和牛肉片，火大锅辣，上上下下没几下，这些东西就熟了。"来，吃吧！"母亲举起啤酒杯，但气氛似乎有点僵，大家夹菜都有点不自然，毕竟这不是兄弟伙之间推杯换盏的欢宴，在人满为患的客运车站与各色人等打惯交道的母亲当然明白。她微微站起身，在漏斗状汤勺的辅助下，于翻滚的红汤中夹出烫好的下水和肉片，然后分送到几个精壮汉子的碗里，"咱有话说开来，大家好歹在一个单位，没有什么过不去的坎儿哈！"母亲说。闻言，几副僵着的面孔慢慢活络开来："就是啊，多大点事嘛！""那条线路我们是有一段重合，要不咱商量调整一下？""哎，兄弟之间，也没什么过不去的！"火锅的烟气越来越大，气氛越来越热烈，大铁锅彻底烧烫，连带锅子周围的桌面都炙热非常。少年的我夹在这些成年人中间，看得出他们越来越开心，却不知为何事开心。于我，改善生活是实实在在的，锅子里的食材，在日常生活中很难吃到，何况是在火锅里煮出来的。我只顾着一味从沸锅里夹菜吃，伸缩之间，裸露的一节手腕已经被热气灼红，当时浑然不觉，等吃完回家，才发觉疼得紧，赶忙找清油来搽。母亲工资不多，在外打工的父亲焦虑家里的开销，总是为在外面请客的事情说母亲。"吃又花不了多少钱，帮一帮别人最重要。"母亲说。事实上，驾驶员们知道母亲收入远不及他们，所以总有人趁着大家都还在吃着说着的时候，便溜到前台去悄悄把账给结了。一种情谊从二十多年前的"T肥肠"火锅开始紧密缔结，然后延续许多年。

　　许多年以后，"T肥肠"从火车北站销声匿迹。那栋三层的火锅楼都不见了，取而代之的是一座大型综合购物中心。里面每一层都有很小的空间划出来，作为各式快餐店的所在，四面八方的人们背着背囊匆匆来去。这些快餐，或套饭、或面点、或肉串，大多数味道很是一般，仅仅为填饱肚子而存在，傍晚更不会有人在这里聚餐。早已不景气的汽车站已经被兼并卖掉，母亲和那些驾驶员早就退休了，但过年那几天，都有车站的老朋友上门拜访母亲，母亲要在桌子上摆上从"文殊坊"排队买来的糕点、去超市精挑细选的糖果，厨房的锅里是笋子烧牛肉、咸烧白等好几个硬菜，还要颠着脚去楼下买卤菜。

火锅飘香，不止有"T肥肠"这样的重庆口味火锅，还有厂里宿舍区"半边街"新开的"串串香"，这个时候的"串串香"已经大大有别于二舅妈在80年代末经营的"麻辣烫"。"半边街"的"串串香"，是把串好的鲜菜、鲜牛肉还有猪下水放到骨头汤熬制的麻辣火锅锅底里，对，就是吃火锅那样的吃法，可以蘸油碟也可以蘸干碟——里面搁着那种令外地人食之即晕的辣椒粉。干碟是极喜食辣人的首选。

人们也喜欢在自己家里煮火锅。厂里的集资房在缓慢地建设着，住"闷罐房"的一楼邻居们每两家人共享一个小院子，天气好的时候，就在院子里一起煮火锅。我家邻居叫芳姨，煮底汤的活儿一般都是她来干。那时还没有打包售卖的火锅底料，她完全是凭道听途说，自己配料——老酒、醪糟、干辣椒、花椒、八角、桂皮、香果、栀子……同时煮一锅棒子骨汤。汤料做出来还像那么回事。我家负责买菜，老字号梅林午餐肉是必须有的。母亲晕血，一次撬午餐肉罐头时被锋利的罐头盖划伤，立时晕了过去，难受了好一阵。所以，芳姨后来都主动要求来开罐头，说是"看到你妈怕血那个样子都心紧"。这句话听起来不大好——这就是典型的川西坝子女人，牙尖嘴利，并不讨喜。

三舅妈家的刚子念高三时寄宿在离学校颇近的一位熟人家中，适逢刚子外婆去世不久，加上他第一次诊断性考试失利，夜里便在自己的房间里关着灯哭泣。悲伤间，头顶的灯突然亮起，但见那个熟人的老婆就突兀站在跟前，脸色很不好的样子："要过年了，你一个男娃在这屋里哭，好晦气的。"第二天，刚子坚决要求搬回学校住，那个熟人也从此得不到三舅妈给他的每个月四百元的感谢费。那是1996年，四百元算很多了，而且刚子早餐午餐都在学校解决，只是上他家吃晚餐和过夜。刚子之所以不住学校，是因为学校把高三的学生单独分出来住在一溜平房里，以保证他们特殊的作息不影响到其他学生，但平房太旧难免有许多耗子出入，甚至啃伤学生的脸。后来三舅妈又找到了一处地方让刚子寄住。这样看来，那个熟人一家因为一句话而得罪人，其实损失不小，既有经济上的，还有人情上的。

　　芳姨也是说话少有顾忌的。我在一旁帮着母亲理菜，她立在一边，一边斜睨她灶台的棒子骨汤沸锅没有，一边说我，怎么那么大的女子还穿粉色，太土气，或者说牙齿早该箍一箍，瞧瞧那门牙多么不好看，对比参照物是她那个嫁得好的侄女，穿的都是灰色、白色、黑色，牙齿整整齐齐，从小人家就爱收拾。我听得来气，就扔了手里的东西，转身进屋，可芳姨的话题依然没有结束。等到火锅弄好两家人一起吃的时候，听她说东道西更是在所难免了。时值冬日，烟气氤氲，她的抱怨唠叨也随之缭绕满屋。

　　"我家这个女子就是犟，跟她说了不要和有家有口的人成天搅在一起，这都活生生耽误了三年时间。

"我呀就是不听老一辈劝,人家说门当户对、门当户对,你说我屋里倒数几代都是书香门第,怎么在那些年图他老陈家庭成分好,就嫁了呢?现在看,一切问题的来源都在于当初没有门当户对。"

说这些话的时候,芳姨的丈夫老陈和女儿小云都在旁边。闻言,两个人面无表情,不出声,只一个劲儿埋头吃菜。就像我在吃火锅时一点也不怕烫,克服了某种不明来处的恐惧。或许除了能让人不怕烫,火锅里的辣本身也是一种麻醉剂,让人懒于去计较那些颇有伤害值的话语。

芳姨的女儿小云,面前就摆着干碟子,是用干辣椒面与味精、盐、五香粉调和的,红红白白,但红的占大多数。她的唇因为过辣和过烫,已有些肿胀。她时不时抬眼看看烟雾中表情夸张的母亲。小云在城西经营一家冒菜馆,特色菜是"冒鸭肠",一个高高瘦瘦的年轻男人是她的合伙人。那个人从内江过来,最早开的是"冷锅兔"——一种内江街头流行的江湖菜,后来两个人偶然认识觉得投缘,便一块儿做冒菜生意。其实,"冷锅兔"与"冒菜"的做法颇有些大同小异,都是一大盆红彤彤的食物烹调好,然后热热闹闹端上桌,下头不必生火的。一男一女一块开店合作愉快,外形上也般配,外面自有许多说法。男人在内江老家是有老婆小孩的,小云二十多岁大好年纪又一直不肯谈对象,芳姨自然把外头很多传言信进去了,认定小云和她的合伙人之间有故事。至于老陈,是个电工,平素两大爱好——钓鱼还有喝酒,不管天大的事,两口老酒下肚,也没什么可急的了。所以,女儿的事情,他不大过问也觉得不是什么大事。芳姨在这点上怨足了老陈,常常讲自己嫁错了人,才有这等糟心事。这会儿,老陈刚吃下一块从锅里夹出、放进油碟里滚两滚浸满芝麻香油的花菜,用力呷了一口老白干,片刻瓮声瓮气开口:"你再嫌没嫁好也就是这个样儿了,这是你的命,得认命。"

芳姨瞪眼无语。小云且笑且夸老陈:"老汉儿,还是你最烫,一句话,触得我妈一个语星儿都蹦不出来。"

很多年后,小云和那个男人合伙经营的冒菜店搞了连锁,小云依然单身。男人举家搬到成都,后来老婆因病去世,他再婚,娶的是另外一个老乡。

话说回来,我究竟是什么时候开始不怕烫的?不知道确切的时间,或许就是哪一次吃热腾腾的"一锅烩"的时候。待到不怕烫再去炒肉片、爆花生米,发现一切都稀松平常。自己会做饭弄菜的最大好处就是,你想吃什么就做什么,而不需要依赖于人或者只能空馋。但二舅妈专门从乡下讨来的土菜油,到现在我还是怕的。

【延伸之二】

食味百态——由麻辣火锅说开去

　　我一直觉得,火锅这种东西,味道在其次,"一锅烩"才是关键,热腾腾又极丰盛的感觉确实很好。在重庆,传说麻辣火锅原本是码头工人的发明,傍晚闲暇,工友们聚在江边的窝棚里,围坐在一起就着老白干,分享一锅正沸腾的"牛下水"杂烩,有说有笑,经年累积的劳苦与重压暂时消散,好多凄苦过往也暂时不再介怀。可见,最具烟火气息的火锅说到底,有着闹热又包容一切的内里精髓。

　　麻辣火锅原生重庆,一路传到川西却有诸多变形,无论锅底、蘸料或者形式。这个并不奇怪,食物在迁徙的过程中总会随风易俗,不断产生变化。

　　川西的"烧麦",形似"大抄手",皮子是特制"死面",馅料是加香葱的猪肉泥。到了川东,"烧麦"常被店家写作"烧卖",皮子直接用的抄手皮,包裹的是和了红豆沙的糯米,当然,无论"烧麦"还是"烧卖",烹饪方式都是上笼蒸。再比如云南的过桥米线,配菜都是一个个小碟子装的,到了成都西玉龙的滇味餐厅,就把各式配菜全部集中到一起做成一个大拼盘,配菜也有变化:经典的炸肥肉片和生鹌鹑蛋没了踪影,取而代之的是足有小半个巴掌大的薄薄的榨菜片以及两块草鱼片。高三的时候,我常常吃西玉龙的"过桥米线",

算是家里给我改善"伙食"的一种法儿。我住校,父母忙,就托平时大部分时间闲着的芳姨帮忙买和送。邻里之间有难事芳姨倒从不拒绝。芳姨风风火火拿着保温桶去西玉龙餐厅,跟店里的经理相谈甚欢。那个女经理的儿子恰好即将念高中,不久就要参加中考,于是芳姨吧嗒吧嗒,讲的是她从我母亲那里听来的故事,许多是关于我升学考试的经验之谈。经理听得很开心,于是配料上丰富了许多,本来该放一片榨菜的,放了两片,草鱼片、火腿片也捡大的放,连韭菜、豆芽也加了不少。于是,保温桶看起来满满当当,芳姨又骑着自行车跑40分钟到我学校。本来,过桥米线最讲究滚烫鲜香、即烫即吃,虽说烫久了的配料吃起来难免绵软,但我对芳姨的热心也是感激的。十年后,我在昆明旅游,在"桥香园"吃正宗的"过桥米线",看着那些搁在小碟子里的肉片、笋片、火腿片、鸡片、酥肥肉、鹌鹑蛋,等等,还颇有些不习惯,心里不停嘀咕:这个样子好吃吗?

2003年,在山城重庆,火锅店纷纷推出"一拖三""一拖五",价廉物美,大荤大肉横行于牛油火锅之中。那一年,我第一次在重庆沙坪坝的某条小巷子吃火锅,点了一份老肉片和牛肝。好家伙,巴掌大的猪五花肉少说也有将近二十片,且每一片都切得厚实;鲜红的牛肝重重叠叠铺了一个大盘子,那个盘子火锅桌边都搁不下。这两样荤菜加起来只有二十元钱,属于"一拖三"的内容。据说,重庆的"一拖三"之类在20世纪90年代末就开始了。在成都,不论是"T肥肠""狮子楼"还是街边小店,都没有"一拖三"的卖法,按份点菜每一份都不便宜。吃法与火锅近似的串串香就更抠门了,结账按竹签数计算,一根细竹签算一毛钱,一根粗竹签算两毛钱,素菜串一根细竹签,荤菜串一根粗竹签,有的荤菜比如兔腰、鸡小翅等还可以串上两至四根粗竹签,想想这还是挺考店主串签技术的。串在粗竹签上的牛肉只有拇指盖一般大小,鱿鱼则切成五厘米见方的小块。2000年前后,厂宿舍区的"半边街"已经非常热闹了,不仅有小菜馆、烧烤铺,串串香店子也有三家,所以我和母亲、芳姨还时常到"半边街"去吃"串串香"。我呢,平时住校吃得不好,有这样的机会肯定放开肚皮,且使劲拿,边烫边吃不讲究。不多一会儿,我膝边的小桶便装满了湿漉漉的空竹签子。吃完又去拿菜,因为见着各色串串就想快速拿,少年人的贪婪使得我抽中了许多原本并没有串菜的空签子——芳姨说,这是店老板故意设计的,就是专门整那些粗心的人。空签子与牛肉签子、鸡心签子粘连在一起,待出锅就显相了,看我从锅里接二连三取出空签子,母亲就狠狠瞪着我,又骂店主心黑。母亲不是个小气之人,要不她也不会主动请驾驶员去吃算得上奢侈的"T肥肠"。她痛恨的是白白吃亏和被人算计,因为这样很窝囊。

外地尤其是巴渝之地,流传着很多关于"川西坝子"的"龙门阵"。有人讲,他和一个成都战友在一次聚会上依依惜别,战友千叮咛万嘱咐,要他一定来自己的家乡看看玩玩。重庆人生性耿直,成都战友喝得醉醺醺时说的话,他当然也信以为真。于是趁着休年假,那人决定跑成都一趟,出发前给那个战友打电话:"喂,明天我要过来看你啦。""哦,欢迎欢迎,可是我去外地出差了,不好意思哈!"就算一肚子郁闷,但好歹动车票、酒店什么的都已经订好了,孩子还闹着要去武侯祠,所以一家子还是按期出发了。等他们到了成都,在某个闹市吃完饭闲逛,他眼尖,看见不远处游摊边一个身影很是眼熟,像是……他存着疑一步步走近,哎,看到侧脸了,好像是;再一听声音,更错不了。

"我说你这豌豆尖卖贵了,你看,这么老,掐都得掐掉一大半,你怎么好意思卖七毛钱一斤?除非你把那几根小葱搭着送我,对,算送的……"

一般人觉得在这种情形下碰面很尴尬,但那天那个兄弟伙不知怎么想的,竟然在战友同小贩争得唾沫四溅的时候,拍了拍他的肩膀:"哎,你不是出差了吗?怎么在这里?"

这个故事的结局如何,我不得而知。但我父亲自己经历过一个事情。当初他刚由重庆调到成都,应邀到一个本地朋友家里做客,大中午,桌子上摆了三菜一汤:一条约三四两重的鲫鱼,就巴掌大,做成豆瓣鱼;一小盘油炸花生米,尝一颗吧,有些软,或许不是当天炸的;一小盘麻婆豆腐;还有一大碗鸡蛋花番茄汤,调鸡蛋花不比煎鸡蛋,没有油气,这个时候如果不加猪油的话，完全清汤寡水。别的姑且不论，这几个菜至少不足四个人的分量——桌子上还坐着朋友夫妻两个，还有他们十七八岁大的儿子呢！

"吃哈吃哈，莫客气哦！"朋友说。

当然，故事统统归故事，难免有许多夸张或杜撰的成分。川西坝子的"串串香"好歹渐渐成名了，每串都分量小小，但小归小，从麻辣鲜香的底汤中抽出，用筷子把串上的那一小块撸下来，放到油碟或干碟中裹上一裹，再扔进嘴里嚼，那滋味自不必说。本来，川西的"串串香"也有自己的特点，比如用棒子骨熬的底汤不会放牛油弄得腻腻的，辣椒、花椒香料适度而克制，五香料相对用得更多，倒与二舅妈当年煮"麻辣烫"的卤料有几分相似。还有，成都的油碟也分两种，除了芝麻油油碟，还有熟菜油油碟——讲究点的串串香店，一般找来土菜油烧热制成。如今，在"火锅之都"重庆，从成都开过来的"串串香"连锁店比比皆是，食客如潮。

川东豪放，历来主张大口吃肉大碗喝酒；川西则精致含蓄，小小巧巧。就像赫赫有名的成都小吃是真"小"，反正不让人吃饱，莫说一碗面条细得能透过针眼、看上去就没什么分量的银丝面，就说一份猪肉烧麦——一个小蒸笼搁四块，顶子露点翠绿还蛮好看，夹起一块，一口就能下去，脂香充沛，热腾腾的汁水立刻迫不及待涌入人的口腔。好吃归好吃，但这小小几块只够塞牙缝，定有外地男子汉因此抱怨成都人小气。但再好好观察仔细想想，这种小吃呀，图的不就是精致可心么！再好吃的烧麦，多吃几口未免油腻；再熨帖地道的银丝面，几夹结束又来一碗，会想着今天是不是太淡口了。不多，才有想头。就像二舅妈在团年时炸的"羊尾酥"，就是纯肥肉切的拇指宽条子，下功夫腌制，再上浆浸在土菜油里猛火炸，金黄的模样捞起来，狠狠来一把白糖芝麻粉，油糖并重，好吃但不可多吃。对嘛，每样少少吃，吃的品种才能更多，还有龙抄手、赖汤圆、钟水饺、夫妻肺片、蛋烘糕……哪样小吃都值得一尝，更有许多属于"老成都"的稀罕。

除了串串香，还有一个"火锅"变种值得一提，那就是冒菜。如今的冒菜都是让食客自己去拣菜，菜是荤素分开，荤菜拣在一个篮子里，素菜再拣到一个篮子里，分别按重量论价，再送进后厨加工。冒菜刚开始兴起时，荤菜、素菜有菜单，按份标价，食客则按份点。在后厨，按照食客要求的口味，厨师把菜分门别类放到红汤、白汤或酸辣锅底里烫熟——必须分门别类，因为一份鸭肠只能烫两分钟以内，而平菇土豆则需要五分钟，烫久了就老了烂了。烫好，荤素再统一放进一个大碗里，接着淋上辣椒油、花椒油、豆豉、蒜泥，加上盐和味精，小妹给端到桌上，再配一碗米饭。在重庆火锅的规则里，本不需要米饭，因为所有东西都尽在一锅红汤里，只是有人觉得缺了米饭就没了安全感，所以才点上一小碗米饭，也有正在减肥的女人点米饭，是为了吸掉菜里浸入的牛油汤水。而冒菜，的的确确是下饭的菜。

吃火锅，芳姨家的小云都蘸着干碟吃，辣得嘴里发出"咝咝"的声音，也不吃一点米饭。在小云自己的冒菜店里，夜里九点收工，小云把剩下的荤菜、素菜一起扔到骨头奶汤里尽数烫熟、捞起，舀一大勺蒜泥，放一小勺盐，然后打一小盆米饭，和着几只空碗，一溜儿放桌上，和她的合伙人及几个跑堂弟妹一块吃，很是开心。有时还会有点儿私藏好物——父亲老陈在野河钓的乌鱼，片成薄片，搁在白汤里烫熟，那叫一个巴适。

【三】

世间酸甜苦辣四味，川西最喜的味道排名应是辣酸甜苦。

辣味显然首当其冲，对川西人来说，食辣几乎在日常生活中无可避免。有几岁大的小孩子的人家，吃饭的时候，桌子上必有清炒肉片和肉圆子汤，这是专门给小孩准备的菜肴，其余的，哪怕炝炒莲白都要放数个干辣椒。但巴蜀之人嗜辣是深入骨髓和基因的。像我六七岁的时候，看着大人吃红油耳片吃得欢，虽然一再被告诫小孩子不可吃辣，但还是想要尝一片；好容易得一小片进嘴，舌头一下受此严重刺激，我立刻叫喊着了不得，要喝水，但奇怪的是，难受劲一过去，又想着要尝试刚才那个味道，于是央告着大人打一碗白开水，自己再夹一片在水里涮涮，然后心怀忐忑地搁进嘴。还好，这次没那么刺激了。到了下次、下下次，慢慢可以不用涮白开水，自己扛得住那股跌宕口腔的刺激，并且越来越上瘾。当然，这也是麻辣火锅及它的诸多"变种"风靡川西的重要基础。

与以重庆为代表的川东不同，川西重辣，同时也少不得酸和甜，可以说辣酸甜是同时出现的。所以，川东人常常说川西辣得不纯。在成都，不论是钟水饺还是夫妻肺片，都有醋和白糖作调味剂，不至于辣得烧心；甚至于，川西人习惯在吃火锅或串串香时，先行在油碟里添加一点老陈醋。

酸甜酸甜，甜还好，几乎人人喜欢，毕竟这样的味道让人打心眼里感觉愉悦，就像川西人在外吃桌餐特别喜欢点红糖糍粑，甜水面也很受欢迎。除此以外，糖放进正在烹饪的食物里，也能起到芡粉一般的作用，使得食物更加浓稠。

早前，我不大喜欢的是酸味，准确地说，是醋酸味。这种不喜欢来源于一次小小的意外。高一我开始住校，一日三餐都在学校解决。学校午餐常常做鱼，一天中午我不留神被一根鱼刺给卡住了。不管是拼命吞叶子菜咽米饭还是干咳，那根刺都卡在我的喉咙里，一咽口水就剧痛。那时候，到医院取刺的情形很少，大多数情况下人们都是自己想办法解决。最后，一个宿管老师提议我喝一口醋，理由是醋能化掉鱼刺。

于是，从学校食堂拿到的一小碗米醋很快摆在眼前。"你要慢慢把这些醋喝完，喝完鱼刺就没了。"老师交代。屏着咽喉吞咽的难忍疼痛，我端起碗赶紧喝。天哪，这米醋的酸味也太怪异了吧，不仅酸到极致，而且像外公的老白干一般呛人。几口下去，我胃里一阵翻腾，倒是把肚子里刚吃不久的午饭全数吐了出来，喉咙酸涩无比，但"鱼骨梗喉"的痛感彻底消失了。此后连续一个月，我都有些恶心的感觉。从这以后，我对醋酸味明显的食物都有些反感。

　　高中的班主任姓王，对于学生管理很有自己的一番心得。她自创了一个"金牌栏目"，叫做"和王老师谈心"，每周都会邀请班里的几个学生到她家里吃晚饭。因为下午五点半才下课，晚上七点半又是晚自习，所以请去的同学吃到的只是王老师做的一些简餐，抄手、饺子之类或者蛋炒饭。不拘吃什么，重点是谈心，同学们要在班主任宿舍里，把自己在班级里的所见所闻悉数告知，包括谁私下溜出去打游戏了，谁爱抄作业，谁在背地里说老师坏话了，谁和谁悄悄谈恋爱了，谁给谁写情书了，谁给谁送礼物表白了，当然能拿出实打实的证据最好。班里有六十多个学生，一周去三四个人吃饭谈心，一个学期就轮完了，下一个学期继续开始周期循环。我和另外两个同学第一次去的那天，恰巧老师准备的是酸辣粉，外搭紫菜虾米汤。眼看着班主任在厨房忙活，我们三个自然不好意思在客厅干坐着，也都纷纷到厨房去要求帮忙。

你不要掐菜,你掐不好!你会打作料吗,哪个是醋哪个是酱油?不会?想你也不会呀,一个个在家都是少爷小姐,内衣内裤都要周末打包带回家去洗……哎,筷子要先冲洗!

最后,我们几个什么也做不了,就看见王老师麻利儿把开锅浮起的红薯粉条捞起,依次搁在一个个已经打好作料的碗里。初冬季节,遭热气一激,保宁醋的浓郁酸味立马散发出来。不好闻,我皱了一下眉。

"好,这碗给你,你尝尝,跟青石桥卖的酸辣粉没两样吧。"王老师顺手把酸味最突出的一碗端到我手里。

"不是,青石桥卖的是肥肠粉,不是酸辣粉,不会搁很多醋。"屏着熏鼻子的酸味,我冒出来这样一句。

"嗨,青石桥最有名的当然是肥肠粉,但店里卖的可不只是肥肠粉哟。你看你,做事情就是缺乏灵活性,所以同学都私下叫你'牛板筋',这个你不知道吧!再说,醋吃了对身体有好处,你们这些小孩子,做任何事情就凭着自己喜好来,一点儿不动脑筋!"那天的酸辣粉闻着酸,吃着更酸,但班主任就坐在我的对面,笑盈盈地看着我,还不时问我一些问题,我还得细细思考才能作答。

艰难吞咽中,我忽然发觉这样的场景似曾相识。我小学时读的是厂里的子弟校,所以老师和学生家长都很熟悉。话说,早前的子弟校里,很多老师原是车间出身,也有厂里教育科的人下来的,从外面调来或是师范毕业分配来的很少。我小学的班主任恰好也姓王,从重庆调来,恰好是父亲在重庆那个老厂里的同事,所以,平日在班里对我颇多关照,有了她,家里连我放学路上拿零花钱买了"炮火筒"还是买了翁美玲的不干胶,都清清楚楚,因为,买的不干胶之类的小玩意还是会在课堂上现出马脚。最糟的是,父母常常邀请这位班主任到家做客。那时,款待客人常炖排骨汤,用来炖排骨的是川西最常见的莴笋秆子。大人们都觉得莴笋秆子好吃又有营养,但小孩子往往不喜欢吃莴笋秆子,因为这种菜蔬隐隐有一种成人才乐于接受的苦涩味。有班主任亲自坐镇,母亲给我夹到碗里的三块莴笋秆子,我必须得吃完;倘若露出半点不情愿的表情,就会立刻迎上班主任瞪人的严厉目光——在班里,被瞪着的人多半要被罚到教室后面站着或者被她打手板。

所以,高中班主任亲自给我做的那碗酸辣粉,不论如何不合口味,不论心里如何不情愿,我还是鼓足勇气吃完了。

年岁渐长,尤其是越来越善烹饪之后,我对醋酸味的包容度也越来越高,毕竟很多情况下香醋或老陈醋必不可少,比如做糖醋排骨不能没有醋,虎皮青椒没醋的话显得寡味,鸡丝凉面没有醋在大热天没法开胃。我依然不能接受太多的醋,但也不再排斥少量且适度的醋。

至于再吃酸辣粉,是在很多年以后,地点是在青石桥,与我曾经的房东应老太一起吃。

话说,青石桥的酸辣粉,果真好吃。

【延伸之三】
与应老太有关的那些故事

  我是个师范生,大四实习,赶巧在我原先念高中的那个区重点中学。四年光阴,变化很大。学校背后大片大片的荒地,已经满布高档住宅小区和高级餐馆,那一片已是成都人口中极上档次又具品味的"羊西线"。傅老师在我高中时教语文,那个时候刚从大学毕业,四年过去,已经由"副班主任"修炼成"班主任",同时还是我的实习带教。傅老师告诉我,她曾潜心跟随学习的"老班主任"王老师已经功德圆满,以"特级教师"身份光荣退休,儿子在外资企业做高层,如今就住在学校后面的高档小区里。如我所见,学校里里外外翻了新,那些被焦虑岁月弄得满眼斑驳的教学楼全部统一刷成了嫩绿色,旧食堂、旧水房等平房系列全部被推倒,又新建了图书馆和好几栋宿舍楼。这样一来,十几个实习生便可以住在崭新的学生宿舍里,四个人一个房间,上下铺,条件很好。但我那时一心想考研,便决定在学校附近单独租一个安静不受打扰的房子,最后在一个热情的居委会大姐的介绍下,在六十七岁的应老太那里租到了一个房间。2002年初,我付给应老太每个月租金三百元。

  应老太是国营厂子里的退休职工,她的房子在距离学校不到六百米的一栋旧单元楼里,二层,租给我的那间房子有一面大大的窗子，窗沿上搁着长得爆了盆的芦荟，眼见要掉下去，却被生锈的防盗窗给拦住。房间有桌有椅有柜子，床也是一米五的大床，一切整洁有序。我原准备给应老太每个月五百元，但被她拒绝了："我这里的条件，哪里值得了这么多钱？三百就可以！再说，我这房间呀空着也是空着，你住这儿，房子里有点年轻人的生气也是好的。"

防盗窗的铁条并没有阻碍房间里的人看窗外风景。不大的院子有四栋五层的单元楼，自行车棚靠着矮小的围墙，墙外，就是刚建好的街心花园。从我站在窗边的角度，刚好能看见街心花园的全景，花园的中心种着杜鹃和月季，边上空地有一些健身器材，还有给孩童搭的滑梯和旋转小马车。日常人不多，我下午五点多从学校归来，从屋子往外看，也不过稀稀拉拉几个老人和小孩子：有人叫卖彩色气球和棉花糖，老人在哄小孩回家吃好东西，小孩调皮，老人家声气很大，我也能听见。而靠单元楼那一侧，出门左拐是一个很大的农贸市场，大概有上百的摊位。傍晚近六点，院子里人声鼎沸，单元楼的居民们提着各种菜蔬肉类回家，有人在跟我的房东应老太打招呼："应婆婆，回来啦，今儿早呀！哟，你又买响皮啦？""这个煮汤最见好吃的。"是那个带点沙哑却特别亮堂的声音。很快，应老太便行走在窗边不能见的视野盲区里，就要跨进单元楼了。

退休工人应老太每天都要到青石桥花鸟鱼虫市场去卖花。

在那个偌大的市场里,她并没有固定的铺面或摊位,她只卖玫瑰、百合、雏菊等几种常见花卉,一般就在两个卖金鱼、卖巴西龟的固定摊位的空处,支起一个小马扎,坐一整天,当然那两个固定摊位摊主她是熟识的。那时,青石桥卖花的情形我并没亲眼见过,只听她趁晚饭时间对我讲起。我知道她这样大的年纪卖花不易。首先须起得特别早,反正我六点半起床准备去监督学生早自习的时候,已经找不见应老太踪迹了,她要搭最早一班的公交去十公里外的批发点拿鲜花。但我很怀疑她坐一整天是否能卖出花,因为按照青石桥花鸟市场的布局,外围主要是鸟鱼,里面主要是花草,只要肯往前走两步再拐弯,就能见到各式鲜花,价格低廉品种又多,谁会买外头应老太手里那几束普通的花呢?

"那你不知道,我的花很好卖的。"应老太很肯定地对我说过。

当时我不能理解应老太那普通且未见价格优势的鲜切花为何能在大花市卖得出去。若干年之后,我在闹市看见,每到傍晚,总有人及时买走那个满头白发的老爷子担子里最后几把油麦菜,回想起来,或许两者同理。初春季节,在肆意贯穿整条巷子的过堂风中,坐着满脸沧桑、头发稀疏的老年卖花人,她的花,有人买的。

我也曾问过应老太,你有退休金,也能出租房间,为什么还要执着于卖花呢?她回答很简洁:"我退休过后就卖花,习惯了。"

应老太进屋，一直稳坐在客厅那架旧衣柜之上的狸花猫猛地从高处跳下来，蹦到老太跟前，扑着抱住老太的腿亲昵。这猫儿平素很矜持，与我这个租客总是客气地保持着距离。早上我出门，猫儿就窝在一把垫了棉垫的椅子里，客厅光线不好，那一双金黄闪亮的眼睛便很惊人——它在悄无声息地观察我。傍晚我回来，若是手里提了卤鸭之类，那蹲在高处的猫儿闻到食物香气也只是眯了眯眼睛，并没有进一步的行动。看见狸花猫那狂喜亲昵的模样，主人家自然开心。应老太蹲下身，把除了响皮之外的另一个小袋子扒开，凑到猫脸前晃了晃："花花，看，我给你带了什么？猫猫鱼，别激动！不能吃生的，一会儿炸给你吃。"

闻声，我走出房间，与应老太打了招呼。老太照例问我吃过晚饭没有，我也照例回答说在学校食堂吃过了：第一，我确实下午最后一堂课结束就去食堂吃饭，五点半左右便吃过了晚饭；第二，即使因为种种原因错过食堂晚餐，我也不会与应老太共进晚餐，因为我租房并没包括吃晚餐，这样的话就有些尴尬；第三，应老太于我总有些陌生感，她与我各住一个房间，平时各顾各的，其实相处不算多。尽管，我常常闻见应老太的饭菜香，应老太也不会勉强。她略收拾了一下，就进了厨房，不多一会儿，家常菜的气味便从厨房出发，弥漫了整个屋子。先端出的是一小盘炸鱼，老太把炸鱼端到狸花猫跟前："花花，好吃的来了。"猫儿伸出粉红色的小舌头舔舔唇，然后低头开动。但猫儿警惕性很高，看我站在不远处，就一边吃一边不时抬头盯我，仿佛我是那个随时要和它抢食物的同伴。

"原先两只猫，两只猫儿老是抢食打架，送走一只留一只，这下就舒坦了。"应老太念叨说。

接着，应老太把响皮汤端了出来，还有一小碗白饭、一小碟泡豇豆炒肉末。响皮，就是炸得金黄起泡的猪皮，在川西几乎每个菜市场的副食摊位都有卖。没有经过再加工的响皮既坚硬又柔韧，并非一般人的牙口能与之较量的——虽然响皮看上去与酥肉的感觉有些相似，好像是一种可口的即食小吃，但压根不是那么回事。响皮这样的物件，一旦与沸腾的汤汁相遇，不多时便有了松软又绵延的口感，每块煮过的响皮都满是蜂窝眼，汤里所有鲜香的物质都静悄悄地藏在这些蜂窝眼里，一嚼，便迸射出来。应老太是把响皮和小白菜、粉丝一同煮了汤，加了一小勺猪油，关火的时候撒一小把葱花。至于泡豇豆炒肉末这道家常小菜，应老太泡的豇豆属于"洗澡泡菜"，头天清早把洗净晾干的鲜豇豆打卷塞进满是泡姜、泡海椒的坛子里，第二天傍晚捞出来，老盐水的咸以及泡姜泡海椒的辣味，刚好渗进去，但又远远算不得透彻，正是这样，时令豇豆的鲜味才得以保留，一切刚刚好。炒肉末也有讲究，剁得碎碎的猪肉泥加姜末、食盐再加一点料酒，却不加芡粉，用菜籽油翻炒，一直炒到肉末发白再变得焦黄，完全变干，不留一丁点儿水分。肉末炒好，放进切成颗粒的"洗澡豇豆"，几勺一簸便起锅，成了。

　　和往常一样，我坐在应老太吃饭的小方桌对面，听她一边吃饭一边摆龙门阵。这是相对闲暇的一小段时间，因为之后我要回房间备考或者回学校去监督晚自习，老太则要料理家事或者踩踩缝纫机。应老太是喜欢说话的，在我到来之前她已经孤独了许多年，这些年，屋里唯一陪伴她的是那只并不喜欢有同伴的狸花猫。她说她十年前就没了老伴，他们只有一个女儿，但女儿难得来看她。女儿住在二仙桥。当时我租住在老太这里已经两个月了，没见她的女儿过来。但我知道，二仙桥离这里算不得远，大约二十公里，换乘两次公交车就能到。我不知道应老太的房间里是否有他们一家三口的合影，出于礼貌我从未踏足过房东的房间，而且应老太的房门不是关闭就是虚掩，虚掩时我从房门前偶然经过，只瞥见灰暗的光线里一铺大床的一部分。

　　应老太就着豇豆肉末扒了几口饭，又嚼了两块响皮，然后说中午吃得重口了，所以老觉得渴，一边说一边把菜汤倒进饭碗里，只见热气升腾，天寒的季节看见这样的场景，难免心里头暖暖和和的。

　　应老太吃得香，说得也香。她说午间她在青石桥吃了酸辣粉，因为早上吃少了，肚子饿所以叫了大份儿的，味道巴适得很哟!可惜忘了叫老板给点面汤喝。我说那家店我知道,店里有"三绝"——酸辣粉、肥肠粉、三鲜面,尤其是肥肠粉,若是吃得不过瘾,还可以加个"冒结子"。应老太"嗯嗯"点头,问我:"你喜欢吃肥肠粉吗?"我点头称是。

"我那个女儿也喜欢吃。"应老太说。

我见到应老太的女儿,是在我四个月实习期到即将返校的时候。那天下午还不到五点,一进屋就看到老太的房门洞开,这有些反常。我靠近一看,一个女人正仰躺在床上,房间窗帘半开,隐约能看见一张并不年轻的脸,女人似乎在抽泣,是大哭之后的收场。她也并不在意周围的响动。

"啊,这就是我的女儿。她今天顺便来看我。"应老太突然从厨房走出来,手里还捧着一碗粉,一碗表面搁着切得细细的肥肠片的粉。老太脸上也有泪痕。她顾不上与我多说话,就径直走进了房间里,招呼那个女人:"妹儿,吃肥肠粉啦,这是我特意给你做的。你起来尝一下,跟青石桥卖的一模一样。"

应老太走进屋,随手把房门关上,周遭便安静下来。半个小时后,应老太从房间里出来,手里端着还剩了小半碗的粉。她坐在客厅小方桌边吃那剩下的粉,吃得着力。我能听见她使劲吸进粉条的声音,她甚至没有抬起眼皮。

"不好意思,让你见笑了,我女儿这两天遇到了一点儿事,有些难受。"她说。

"您女儿,她怎么了?"好奇心使然,我唐突地问出了这个问题。

应老太没有回答,仿佛并没有听见。吸进最后一根粉条,她立刻起身把碗筷收进厨房,洗洗涮涮的声音不多会就响起来。除了偶尔上卫生间,她女儿基本没有离开过房间。第二天一早,应老太和她的女儿就早早出门了,从那天开始到我离开返校的四五天时间里,母女俩天天早出晚归。

与应老太告别的晚上,我跟她说,这几个月谢谢你的关照,改天到青石桥看你。

"好,下次碰到,我请你吃青石桥的肥肠粉。"应老太说。

大学毕业后不久,我就调动到了重庆,回成都的时候很有限,更不用说去青石桥了。

再到青石桥,是2013年正月间,大学毕业后的第十一个年头。那天路过春熙路,三岁大的女儿看见别人手上提着刚刚买的小金鱼,便吵着也想要。想到青石桥花鸟市场往前穿过一条街再过一个天桥就到,我便答应带着女儿去买金鱼。那时完全没有想到,能在青石桥再见到应老太。

我在市场上某个观赏鱼小摊停留的时候,突然注意到前方一个干瘦却精神的老太,头发虽白完了,但说话声音很亮堂。我看向她的时候,她正调侃一个骑电动车的小年轻。那家伙图方便,放着马路不走硬要通过狭窄的人行道,却被两边的杂货挡住,进退不得。调侃归调侃,说不了几句,老太便上手去帮着小伙挪开货物。是应老太,没错,十一年过去了,她除了头发全白,皱纹更深刻,其余的形貌姿态几无大的变化。确认之后,我牵着女儿走上前去,直接喊:"应婆婆!"应老太扭头看定我,几秒钟过后,似乎记起了什么:"是小李么?"我点头,把女儿推到老太跟前,教她喊"祖祖好"。应老太很感慨,说没想到时间过得这么快,当初你在我那里住的时候大学还没毕业,现在女儿都有了。

应老太依旧在卖鲜切花。这是我第一次见到应老太在青石桥卖花的场景。她的鲜花分门别类扎成捆,放进四个大塑料桶里,客人可以单枝买,也可以买几枝,当然更欢迎成束买。如果有人混搭着种类买了一束花,老太还会给他把花包好,再配上彩条纸——在小马扎旁边略小的黑色小桶里卷着五颜六色的包装纸,还插着剪刀、小刀片之类工具。应老太的小摊,左边有人摆笼子卖小狗、小猫、荷兰猪,右边是卖乌龟、卖金鱼的。小摊的正前方,是一家批发零售观赏鱼的店铺。应老太指着店门口一个正给装热带鱼的袋子充氧的小伙儿跟我说,这是我的外孙,二十岁出头,人蛮机灵,读书不得行就到这里开店子。

寒暄一阵,便临近中午十二点了,应老太说要请我吃粉。想起十一年前的临别场景,我应下,想着这顿应该由我来请。应老太的那几桶鲜花便全部先由外孙看着。

花鸟鱼虫市场的尽头,过马路,再行过一溜大大小小的海鲜门店和排挡，就到了青石桥小吃街，小马路的两旁，一字排开，全是灰头土脑接地气的小吃店，所有小吃店都卖粉食——肥肠粉和酸辣粉。家家户户，沸腾大锅都架在门口，里面翻滚的除了淡灰色的红薯粉，还有吸足水分涨得白白胖胖的"冒结子"。价格很统一，肥肠粉十元一碗，酸辣粉五元，冒结子五元一个。有的店还兼搭卖着黄酥酥的"军屯锅盔"。

来自彭州的"军屯锅盔"首先吸引了我女儿的注意，她吵着要饼，我抢在老太前面把钱付了。

"这点何必争呢？"

"你挣钱不容易，我一直晓得的。"

应老太带我去的是那个老店，我正想招呼着点肥肠粉，不想店里的老板娘已经走到应老太跟前："还是老样子吧？""嗯，我还是要一碗酸辣粉，香醋多放点；我旁边的妹儿要碗肥肠粉；再给小娃娃要个小份三鲜面，面要煮炝些。"

"我也吃碗酸辣粉吧，以前看你把这个说得特别香，也想尝尝。"我赶忙说，"但要少加点醋才好。"

"吃酸辣粉就要有香醋才好，不然不叫酸辣粉了。"应老太笑着说。

其实算起来，这是我和应老太第一次坐在一张桌子上吃饭。十一年前，我看着她吃，听她讲她的事情。我的小女儿不会吃汤汤水水的三鲜面，弄得满脸都是。我还在说她，应老太已经麻利地掏出纸巾来给小孩子擦了："孩子最乖的时候就这几年,长大了,自然就离你远了。看看,女娃娃多黏人。"

我突然想起了十一年前那个满脸泪痕仰躺在应老太那大床上的中年女人。

"你的女儿,现在还好吧?"我问得有些唐突。

"她十年前就走了。"应老太回答,吞咽下一根豌豆尖。

"走,走哪里?"

"跳楼,死在广东。"

小孩子继续边玩边吃,我一脸震惊,应老太津津有味地吃着酸辣粉,仿佛一切已云淡风轻。她讲她女儿,仿佛说的是别家。她唤她的女儿红妹。红妹是应老太好不容易得来的女儿。应老太十九岁结婚,二十七岁上才生的孩子。红妹是夫妻俩的掌上明珠,日子不论如何艰难,都没有亏到女孩儿。作为老成都,应老太带着红妹吃遍了川西的各色小吃。女儿最爱肥肠粉,应老太起先也喜欢,后来省着给孩子吃,也就吃惯了更俭省又味重的酸辣粉。穷人家的富养,让红妹看不清生活的真相,也看轻了父母。她追求爱情,在外地恳求前夫回心转意的时候,父亲病危。她孤身一人回到成都只见到了即将火化的父亲和伤心欲绝的母亲。与前夫的儿子还未成年,红妹又有了为之癫狂的爱人,她不顾一切,他寡淡薄情。最终,经年失落、悲愤引发的重度抑郁症杀死了红妹。红妹死后,应老太接管了差一点就要进"少管所"的外孙,让他读到高中,到如今也算走上正途。

"一切已经过去了,尝尝这酸辣粉,几十年了,还是老味道。"应老太抬头称赞。

醋味浓郁,盖住了让人流泪的辣。醋味本真,还原了食物原有的五味杂陈。

有时,吃一种食物,其实也是怀念一个人的一种方式。如今,我回到成都一有闲暇,便必定会去青石桥老店吃一碗酸辣粉,当然,依然要叫少放些醋。虽然,我没有再见到应老太,也没有再与她联系过。她如果一切安好,如今已是八十五岁高龄,但我相信,哪怕到了百年,她依然是那个吃着酸辣粉便能消解满心愁郁的人。

【写在结尾】

可以割伤人的肌肤的薄饼

年少时吃过一种薄如纸片的饼,成都街头卖的,大米水磨,米浆压制而成,圆形半透明状。此饼易碎,小孩子手急,从简陋包装里拿出来时,力道稍大,便不闻声响地有了碎痕,有时取出来只有残缺的小半个。然此饼也锋利,我坚持把那沉在袋底的大半个捞出来,向年纪小的伙伴炫耀到底还是当姐的能干些,不想左手一划,右手一抬,饼的边缘与肌肤相触,竟生出一阵奇特痛感。初时以为某处不小心插了小刺,再一细看才发现大拇指旁的划痕，不起眼，但掰开来，已能见肉的粉红了。于是，这种薄饼于我而言除了好吃之外，还多了些分外的体验。

当然，吃这种饼是二十多年前的事了，如今早已找不见这般犀利的薄饼了，唯一形态相似的是北京特产"茯苓饼"，但"茯苓饼"夹着一大块馅料，且饼皮过绵达不到"犀利"的效果。十年前的小孩子已经长成了大人，且常常去出差，这几天回来不巧给我带了些"茯苓饼"，还说他带回来的并不是网上随处可见的那种。吃了几块，夜里做梦，竟然梦见了早年吃过的那种街头薄饼，厚厚一叠在我跟前，直瞧得眼馋心热，可每拿一片饼都被划了一下，小疼积成大痛，直至泪流满面地醒来。

（原发于《中国作家》2022年第2期）

杂病记

病，形声字。字从疒，从丙，丙亦声。

本义：身体的内患。

病与疾相对，"病"是身体内患，如肺痨、肿瘤之类；"疾"是身体外患，如骨折、兵创之类。

在中国文化当中，"丙"是火的意思。在五脏器官里，丙又代表心。所以，"丙火"又可以叫"心火"。心里感到不适有火，人就得病了。

关于"病",人皆惧之,其形多样,苦痛难耐;其义深邃,医者和田野自站不同视角、自持不同看法,抛开"科学"与"非科学"的孰是孰非,碰撞之间,常常可见世道人心。

——题记

‖蜘蛛胆‖

蜘蛛胆(带状疱疹),医者释义:带状疱疹是由水痘-带状疱疹病毒引起的急性感染性皮肤病。对此病毒无免疫力的儿童被感染后,发生水痘。部分患者被感染后成为带病毒者而不发生症状。由于病毒具有亲神经性,感染后可长期潜伏于人体脊髓神经后根神经节的神经元内,当被潜伏者抵抗力低下或劳累、感染、患感冒时,病毒可再次生长繁殖,并沿神经纤维移至皮肤,使受侵犯的神经和皮肤产生强烈的炎症。皮疹一般有单侧性和按神经节段分布的特点,有集簇性的疱疹组成,并伴有疼痛;年龄愈大,神经痛愈重。本病春秋季节多见,发病率随年龄增大而呈显著上升。有自限性,病程一般两到三周。本病愈后可获得较持久的免疫，故一般不会再发。

上了大学后，我才知道，"蜘蛛胆"的学名是"带状疱疹"，始作俑者是空气中常有的一种病毒，其实与长相恶毒的蜘蛛并无多大关联。按照医学解释，像我一般小时候出过水痘的人，恰巧是"带状疱疹"的好发人群。因为幼时对所谓"蜘蛛胆"这种皮肤病的惊怖见闻，到如今，每每于疲乏不适之际有意无意抚抚腰侧，若有麻木或刺痛之感，内心即惶惶然，担心此处不久会悄然升起一片潮红，潮红之上再密布大小水疱，那就糟了。虽然，如今发达的医学告诉人们此非大病，但患者依然疼痛着心烦着，见者依然避之不及。

1987年，我八岁，平素住在成都北郊的"红柴厂"，按照惯例，在暑期来临时去母亲工作的县城度夏。那时母亲在彭州的客运车站工作，这个车站不大，却是小县城能赶"成都车"的唯一地方，因此这挨着城边、并不起眼的单位也就重要了。

彭州的农民背着背篓去成都做生意，那个篾条编成的大家伙里，放的是成捆的芹菜或者堆起的腊猪脸，城里人很稀罕这些价廉物美的"土货"。赶"成都车"的人很多，成团簇拥在一天只有一早一晚两班的客车旁，待狭小的车门慢慢张开，便一拥而上。背篓年深日久难免朽烂，在推挤当中，外伸的篾条除了刮花其他旅客的衣衫，引得人群中发出尖叫："看到起嘛，这是'的确良'哦！"偶尔，篾条还会碰到立在车旁穿着赭红色高跟鞋的检票员的手背，在突如其来爆发的脏话之后，是一番夹着白眼的刻薄：

"老表，我说你背起个背篼赶啥子车嘛，直接走起去嘛，还省几个钱给你脚上换双鞋，免得臭得人直犯恶心！"

"大妹妹，你晓得不？这一来一去的时间省起，我都又可以去供销社买化肥饲料了。莫看不起我们这些种地的，我们盖楼了，你们也还住的'偏偏'。"

"老表"一边说，一边朝车站对侧的一排平房努嘴。在检票"大妹妹"即将转换怒色之际，那头刚下车的"成都人"竖起耳朵已听了一阵，遂上前几步，做起"和事佬"："针尖大的事，算了算了！"边说边笑着扶扶黑边的眼镜。"成都人"带小孩赶车到彭州来玩，九峰山、银厂沟已经渐渐有名。可惜，这些临近汶川的好景点，在2008年的那场特大地震中，已经永远被倒下的山峰掩埋。

城里人鄙视"老表"们，可车站的人来人往间，"老表"却输送了最多的传说。算来，一大半与"病"相关，说得多了，有名有姓有鼻子有眼，听者竟也渐渐信了。

"老表"说，他们乡里有人在田里忘了带水，口渴了，看着一旁关渠堰里的流水还不错，就捧了几把喝下去，过了一段时间，喉咙直发梗，摸起颈项子感觉像有包。后来，渐渐到了咽不下干饭的地步,到县医院看,说是"食道癌",让转到"川医"(四川大学附属华西医院)去看。医生一检查说喉咙快堵完了,没救了,那人只好回家等死。这时奇事居然出现了,邻乡不信邪的赤脚医生偶然看到这个水米不进的垂死之人,让他张开嘴来给瞧瞧,拿手电筒仔细观察间,赫然发现那个堵住食道的包块能够动弹。于是,二十出头的赤脚医生毛起胆子,用镊子弄破那个包,从里面夹出了几个圆滚滚血淋淋的东西——几条早已吸饱血的蚂蟥。

"想是那人喝的河水里有蚂蟥蛋,直接附在喉咙上了。"蹲在车站台阶上候车的"老表",举起长长的烟杆美美地吸叶子烟。他讲的事情连穿高跟鞋的检票员也听进去了,我们几个凑闹热的小孩吓得浑身打抖。

"怎样?蚂蟥那家伙坏呀,只要在水田里它敢趴我腿上,我就拿烟杆熏,保准一个个蔫不溜秋地掉下来。"

那排作为车站宿舍的平房旁边,有一个假山池子,没人照管,死水里头长点东西很正常。每逢大雨,池水外溢,便有小片枯叶似的蚂蟥出现在池边水泥地上。在听过"老表"的故事之后,几个小孩只要看见那小东西,便见鬼一样尖叫着跑开。等跑远停下才发现,浑身上下已经铺了厚厚一层鸡皮疙瘩。若干年后,我在部队医院工作,有风湿免疫科的医生利用蚂蟥中的一种——金线蛭吸瘀血治病,我听闻后倒吸一口凉气:我是宁肯患处瘀青发肿疼痛一月,也不愿意让这吸血鬼在皮肤上待一秒哇！

至于"蜘蛛胆"这种病，更是经"老表"的口发扬光大。原本，川西坝子早有传说，蜘蛛有毒气，它要是爬过人身上赤裸的皮肤并撒尿，那么人就会得吓人的"蜘蛛胆"。"老表"说："切，蜘蛛胆？我们叫'蛇缠腰'好不好？腰杆上肉皮先发一坨红底子然后起水泡子，没几天就破水了。好家伙，那玩意顺着水渍，蔓延着长，在腰上缠满一圈，跟条腰带似的，人就完蛋了。喏，解放前我舅妈就死在'蛇缠腰'上，要死的头几天，疼得呼天抢地。""老表"土归土，可人家到底是个花甲老人，见识是有的。

车站的平房很潮湿，内里蜘蛛横行，多是那种比黄豆大一点毛茸茸的，鬼鬼祟祟，总在人晨起拉开窗帘的一瞬间突然露脸，如果你惊叫，那它会迅速跳过窗帘的几个皱褶，朝你的手臂进发，当然，那玩意是万万沾不得的。你闪电般缩回手臂还好，蝇拍也在窗台旁边，抄起家伙狠狠一下，哟，钻那边墙缝里了，半晌，又露脸了，再来一下，满满一泡深绿的汁液——瞧，这些就是导致"蜘蛛胆"的毒液。当然，也有不信邪的，比如我那个20世纪60年代从农大辍学，做了一辈子"老姑娘""小摊贩"跟"保姆"的大表姑。她若是看我张牙舞爪追击沿着窗沿惊逃的蜘蛛，便会拦下我讲：蜘蛛也是生灵，吃蚊虫，能带来福气的。当然，这样的人毕竟属于少数。

清醒的白天当然可防可控。夜里，车站这样的"小单位"经常停电，末了就靠一台嗡嗡作响的低功率发电机维持职工家属的夜间用电。我还记得，黑白电视机都没法负担这样的低电压，常常出现黑屏的现象。所以，低矮屋顶吊着的昏黄灯泡下，大人们聊天织毛衣或者拿着点杂志报纸的凑着光瞧瞧，小孩子桌子上加个小台灯做作业，或者下下弹子棋。小小的毛脚蜘蛛就以大片暗影为有效遮蔽，悄然爬到人的身上。如果关灯睡觉，就更不用说了，它想在人体的哪个部位停留撒尿，都能做到。基于现实情形，车站的女人们认为，要防可怕的"蜘蛛胆"，杜绝蜘蛛的侵袭，要做到两点：一是房子不能太潮，二是必须爱干净，经常打扫。

1987年的夏末，车站里有人得了蜘蛛胆，是个九岁的女孩，名叫小角，是我邻居的孩子。

说起来，这户邻居的孩子会得蜘蛛胆，在众人看来几乎是必然的。一是这家人住在平房最角落的一间，那个地方平日晒不着太阳，又紧靠公用洗衣池，水渍常年不干，他家的门槛上都生满青苔。论起来，小角的父亲是复员回来的汽车兵，是车站的客车司机，名正言顺的正式职工；小角的母亲却是当年嫁给兵哥哥的乡下妹子，虽说也在车站干检票的工作，从身份上讲却是个临时工，除了没有季度奖、年终奖，还有许多待遇享受不到，比如去县医院看病要自己掏钱，在车站医务室拿药也要看人脸色。平房属于单位宿舍，分房要打分，小角家里有临时工拖后腿,自然落不到好。"你们这些人哪!有房住就不错啦!看看隔壁灯泡厂!"车站书记每次开会都很神气。据说,灯泡厂里宿舍很有限,甚至结婚的"单职工"都得挤四个人的集体宿舍;如果家属来了,要请屋里其他三个人到县里电影院去看一晚上电影。

二是小角的母亲不大爱干净,这是车站女人们的统一认识。比如,小角妈养鸡不是像车站其他人那样,在平房前搭一个笼子关起来养,而是像农村那样放养,几只花母鸡随意地在屋里屋外踱步拉屎,再加上没有硬化的"三合土"地面,只能扫地,没法拖地,小角家就不大可能打扫得干净了。别的小孩子穿得整洁,衣服两天一换,但小角不是,她的辫子总是毛毛糙糙,衣服一连穿四五天,上面是一块一块的污渍。私底下有人喊小角"农民娃儿",她户口是农村的,随她母亲——20世纪80年代国家规定小孩户口必须随母。小角妈户口农村,没兄弟,在城里没有正式工作所以乡下还有地有农活,她需要城乡两头跑,也就分外忙。最开始车站女人喜欢拿小角妈说笑,后来总见她从乡下拿点花生、豌豆、核桃之类馈赠,也就不好再说了。虽然,有时看见她的一些作为很想拿出来宣扬揶揄一番,但刚说两句,便觉得哪里有点什么不对,便悻悻地住了口,由着心里的小虫子爬来爬去。

"不管咋说,小角妈人还是对的。那些人不喜欢别个,离远点就行。"我母亲总爱这么说。在小角得蜘蛛胆之前,"小角脑壳上有虱子,莫跟她玩"的说法,在车站的孩童中间流传甚广。

"乱说,现在哪里还有人生虱子?"我母亲讲。母亲跟小角一家走得近。一段时间里,小角妈常带着她去县城边的集市选购山里的野生菌,小角妈懂得辨认哪些能吃,哪些有毒,两人很有些交情。

因了各种必然偶然,小角在野生菌落幕的"立秋"之后发病了。

"奇怪,今天蚊子怎么这么厉害,好痒好痒,还发疼。"小角隔着一层裤子抠着大腿,"我感觉这一大片好像起了好多泡。"小孩子家到底不觉得有多恼火,我和小角围着平房一侧的小花坛玩了一下午,采摘粉红色的水仙花打算拿回去染指甲。

小角的病直到晚上九点过才被她妈发现,那时她已经灼痛难耐。小角妈像往常一样打好热水,督促女儿擦身子,看见她怎么也不肯碰大腿内侧,恼怒之下上前查看,才发现靠近隐秘处有一大片水泡,大大小小,颜色发黄,很是怕人。小角妈一惊,叫来算得有见识的小角爸,夫妻二人确认女儿得了"蜘蛛胆",但好在,"幸亏没有长在腰上"。换在今天,人们的第一反应肯定是去医院解决问题,但在小角一家,想的却是明天找"高老师"问问。

"高老师"何人?车站医务室的"医生",农村赤脚医生出身，传说是一位总站领导的家属。高老师是在小角妈之后来车站工作的，虽然是正式职工，并且"以工代干"，但跟以前医务室的人不同，她素与小角妈亲厚。更关键的是，车站的人认为，她的"土方子"颇为厉害，很见效。比如，摘下昨夜刚开过的昙花拿来炖猪肉，连汤一起喝完，可以治疗心痛症；去找车站门口小馆要点黄豆渣，搓成丸子吃，可以治糖尿病——无独有偶，我在今年的一次采访中，得知不光四川民间，就连巴渝民间也有这种土疗法。据说，住平房那头的廖大妈一边吃豆渣丸子，一边拣肥肉吃，也不见犯病了。与高老师的"土方子"比，县医院实在不值一去，尤其临时工们以及农村户口的孩子得自己掏钱的情况下。要说县医院的"拙劣医术"，我算活生生的例子。在县医院打针治扁桃化脓，两针下去，高烧没有退，身上却起了风团，待到去打第三针时才有老护士发现，针药过期了，身上的风团属于过敏现象。彭州离成都近，那时读过医药大专的人都会往成都调，调区级医院。

高老师在翌日告诉小角父母，"蜘蛛胆"是有简单的土方子治的，就是把生的糯米嚼碎，敷在患处。后来才知道，由于国人对蜘蛛多是怕的，继而衍生出许多与之相关的"土方子"，有效与否不敢论断。2018年，我在中科大采访，还听说了一个故事：中科大有一个毕业生，后来作为哈佛大学2016届毕业生的代表，在致辞中讲述了自己童年时被蜘蛛咬伤的故事。故事是关于一位农村母亲如何用土法给儿子治伤，很接地气。他甚至以这个故事为引子，解释了科研的意义："成为世界不同地区的沟通者，应该找出更多创造性的方法将知识传递给像我母亲和其他农民那样的群体。同时，我们的社会也应该认识到，对知识的均衡的传播，是人类社会发展的关键环节，而我们也能够一起奋斗，将此目标变成现实。"

出身农村的小角父母笃信同样来自农村的赤脚医生的"土方子"。小角才九岁，自然不会把长疱疹这件事太放心上，几个小孩在平房外逗猫玩。小角妈在厨房找到还剩的一小袋已经有点生虫的糯米，掏出一小把，塞到嘴里，艰难地咀嚼，伴着唇齿之间的微小脆响，面目上现出难受的光景。

"以前过'粮食关'的时候不觉得，现在嚼点生的，还是有点犯恶心。"小角妈跟出车回来的小角爸说。

那团嚼得稀烂的米糊，平平地敷在了小角的大腿内侧。初时这团糯糊又黏又湿，天热只一会工夫，就干成了一层壳，白白地翘着。这一下，疱疹看不出，倒像一种别的与脱皮有关的病。

小角照例又到我家来玩，随性地坐在大床边。那时平房只有两间屋子，外头一间通常摆一个双人床，是大人的起居室，倒也没有多的沙发凳子之类。小女孩穿裙子，淘气地叉着腿。母亲一下就注意到小角大腿内侧的异样。

"你那里怎么了？"母亲惊惶地问，她那天刚换了新床单。很明显,那层干掉的糊已经落了很多屑到床沿,"哎呀,看着怎么有点像牛皮癣!"

"嗯,不是的。"小角在吃一块绿豆饼,答得漫不经心。

"哦,小角得了'蜘蛛胆',她妈给她敷了米粉。"我帮着小角补充。

"她家蜘蛛是有点多。哎,大人也太不当心了。"母亲放低声音说。

待到小角回家吃晚饭,母亲趁烧菜还差点火候,抓紧时间把床单换掉:"不但要换,还要好生洗,你看,又多了好多事。"末了,母亲还严厉地告诫我,这段时间离小角远点,她那个疮子是会传染的。

一天天过去,小角妈依然忍着恶心嚼米糊,敷着米糊的小角依然在平房前嬉玩,但小伙伴们明显对她躲躲闪闪。

"哦,我妈招呼我回家吃西瓜了。"一个小伙伴跟她分手道别,平时她们会玩到晚饭前。

小伙伴屋里果然有一盘切好的西瓜。包括我的母亲,几个车站女人围坐,吃西瓜搭配的谈资正是小角腿上的"蜘蛛胆"。谈论"蜘蛛胆",自然连之前不好说的话都说了出来,难得如此酣畅痛快。大家你一言我一语,结论是:"老表"终究是"老表",有各种坏习惯,所以怪病才会找上门。

可惜的是,米糊终究没有治好蜘蛛胆。一个多礼拜过后,那片可恶的东西竟然在大腿上蔓延开来,东一块西一块,初起患处呈粉红色伴着痒痛,然后在其上起浑浊的水泡,看上去就和传说中的"蛇缠腰"的长势相仿。小角妈哭得眼睛通红,取了些钱,决意带女儿去成都的大医院看病。

但她们在临去的前一晚却意外得到了一瓶药。平房的一位邻居家里来了客人,是从"川医"进修回来的县医院的年轻医生。他看见了焦急的小角妈和有些惊惧的小角。

"这个是带状疱疹,已经发展到了末尾,搽药就好。"小伙子很肯定,并且连夜找了一瓶药给小角妈。药装在塑料瓶子里,是粉红色的浓稠液体,贴着简陋的小标签——"炉甘石搽剂"。小角妈虽说已经下定去成都看病的决心,但觉得试一试还是可以的。她回家给小角挨着患处擦了一遍,不承想,只一夜工夫,原发的旺盛的疱疹全蔫了,几块蔓延出的粉红斑块消失不见。

饶是如此,被惊吓了多日的小角妈还是带孩子跑了趟成都。

"这就是对症下药。""川医"的医生对匆匆赶到的小角妈说,"看来是有效的,就拿这个炉甘石外用药给孩子搽。"

"可是……"小角妈还想说什么,医生已经喊下一个病人了。大医院数十年来都有很多人排队等待。

三天后,小角痊愈了。

炉甘石搽剂能治"蜘蛛胆",那必是了不得的药了。后来,车站里有人生了热毒疹子,比"蜘蛛胆"自然轻太多了,他也专门去医院开廉价的炉甘石擦剂来搽，但奇怪的是，居然没能发挥什么作用。

其实，这种搽剂只是普通的外用药剂。前些年有个皮肤科医生对我讲："'蜘蛛胆'——带状疱疹病毒是'自限'的，生存周期有限，能够自生自灭。"或许，搽了炉甘石粉就起效，是因为病毒已经发展到消亡期了。你说会死人？如果引发严重并发症或者感染，倒是有可能。

就算"蜘蛛胆"能"自生自灭"，但它毕竟在"民间传说"的加持下添加了许多恐怖印记，没有患者愿意去等去挨。学历越来越高的医生们，也仿佛看透了患者的想法，治疗上更为重视，动辄就要求"住院治疗"。至于简陋的炉甘石搽剂，早就被医生们束之高阁了。

2014年，母亲大病入院，父亲急火攻心，腰上有一片地方，无缘无故疼了一个多星期，是那种挨都挨不得的疼，日夜不停。待疼痛转成刺痒，密密麻麻的小水泡便发了起来，这是"蜘蛛胆"，生在腰上，恰是传说中最吓人的那种"蛇缠腰"。父亲一向"甩得伸"，粗心大胆的，在我们再三催促下，才去成都市最负盛名的皮肤病专科医院看病。专家在腰上左看右看一番，开出一叠检查单。父亲东奔西走做了一整天检查。拿到一堆结果后，那个专家面色严肃地告知父亲："你看你有'三高'呀，特别是血糖不好，瞧，马上就7.0了，这样带状疱疹很难痊愈的。稳妥起见，建议住院治疗。"父亲一听立时急了:"这位医生呀,这段时间家里有病人,事太多,没法住院啊!"最后,硬逼着那个专家开了几袋药,内服外用的都有。可我父亲呢,一会儿要换班看病人,一会儿要去医院送饭,有时在医院陪床,有时太累回家连脸脚都不洗便直接倒床,所以,那些治"蛇缠腰"的药他没有按时吃或者忘了搽,但也没见破水蔓延什么的,腰上接连痒痛了一周,后来竟也一点点挨好了。因为好得很顺,家里人甚至质疑父亲生的不是"蛇缠腰"。不过,有的东西确实难说。

再说个事。长大后的小角在成都安了家,是一个富裕家庭的全职太太。她住的两层楼的花园洋房树木葱茏,蚊虫多,屋里亦常有大个的蜘蛛出没,它们逐食而生。小角妈在女儿家住,见着蜘蛛依习惯追着打,但戴着檀香手串、有些发福的小角却时常嘟囔:不要打蜘蛛,周围老人说啦,蜘蛛是带福的呀!有时,小角妈追蜘蛛追得急了,穿着拖鞋不小心踏到露台,又会换得小角叫唤:妈,你怎么又踩出去了,一会儿屋里又全是黑脚印,可惜阿姨才弄好的地!

肠风

医者释义:非特异性溃疡性结肠炎是一种病因尚不十分清楚的结肠和直肠慢性非特异性炎症性疾病,病变局限于大肠黏膜及黏膜下层。病变多位于乙状结肠和直肠,也可延伸至降结肠甚至整个结肠。病程漫长,常反复发作。国外又称为"溃疡性大肠炎"或"特发性结肠炎"。中医称为"肠风""痢疾""泄泻""便血"或"脏毒"。

与可能自生自灭的"蜘蛛胆"不同,"肠风"是一个只能"挨"和"等"的病。恼人的"拉肚子"持续经年,人变得消瘦枯黄,甚至连括约肌都会松弛,日常生活满是尴尬。2002年,成都到重庆最快的莫过于成渝高速公路,客车有四个半小时的车程。去重庆看儿子的赵叔每回都早早买票,早早上车,坐到旁人一般不会选择的车载厕所一侧的座位,只是为了应付毫无征兆、突如其来的内急。现在的城际客车一般都没有再设置"厕所",内急的旅客必须挨到服务站才能上卫生间。

"好在如今有高铁动车坐了,上面有解手的地方。"赵叔说。

1952年出生的赵叔,是父亲"红柴厂"里的同事,一位资深高级工程师,长相憨直,尤其嘴唇很厚,看似嚅动都费力。所以,旁人与之"搭白",他总是不痛不痒地回几句,然后咧开大嘴呵呵笑,对其中暗含的话茬,永无明确的观点。20世纪90年代初,汽车、农用车的需求量暴增,生产内燃机的"红柴厂"被上级领导认为有机会整合资源做大做强,于是耗巨资从国外引进了先进生产线,随之,厂里的"技术型人才"也分外吃香。正值壮年的赵叔,是厂里有名的液压机修理高手。当年凭着这一手绝活,他从一个高中都没毕业的车间工人,硬是转成了技术干部,再从一般技术干部做到"高工"。赵叔带着好几个技校出来的徒弟。徒弟们很殷勤,不消说过年过节的孝敬,就连平日赵叔家里缺点油盐酱醋,徒弟们都能及时觉察,并争相填补。饶是如此,徒弟也没本事取得"真经"。因为,每每赵叔修理出了复杂状况的机器,都喜欢蒙着来:只见他把手伸进机器内里,歪着头半闭着眼,仅仅凭着手上的感觉动作,鼓捣几下,再搭上机壳,一声"好了",机器便又隆隆运转起来。徒弟们压根摸不着头脑:师傅是怎么把机器修好的?也有精灵点的小子,主动买块前夹肉炒一碗回锅肉,配点凉拌猪耳朵,最重要的,是拿上几两小酒,请酒量小却爱酒的师父吃饭。几杯酒下去,等到师父耳朵根有点泛红,再小心翼翼地相问:"那天您把手伸进机器里去,看都不看摆弄摆弄就好了,可真厉害!这里头有什么窍门呀?"师父眯缝着眼,从厚嘴唇里迸出几句话:"你小子,那点小心思。先把爬学会了,再学走!"其实酒量不大的赵叔,还是没那么容易醉的。

"红柴厂"算得上大厂,有几千号职工,里面发生的故事几百箩筐都装不下。父亲很喜欢把厂里的趣事讲给家里人听,母亲对赵叔的作为很不屑:那个赵高工,分明是"面带猪相,心头嚓亮"！

"说话莫那么难听！"父亲说。

抛开"带徒弟"的故事，赵叔算得上是个和乐好处的人。有人排到星期天值班，恰好家里又有老人或者孩子的事要办，赵叔便上前拍拍那个焦急的人的肩膀，主动跟他换班；中秋节，车间有大姐因为事情耽搁，结果领了剩下的最后一份"冰橘月饼"，但一再表示不喜欢，说家里人就喜欢椒盐味或者火腿蛋黄金钩馅的，赵叔听见，就慷慨地把自己挑到的那份换给她，回家挨老婆张老师一顿数落，只是嘻嘻直笑。

那几年，赵叔是厂里绝对的"红人"。按说，有的人红就遭妒，明枪暗箭一股脑上，防不胜防，这种情况在国企单位里很常见。可赵叔是个例外。妒忌他见不得他好的人是有几个，就是找不到给他"按钉子"的机会。有人使的阴招是一起聊天故意往领导呀是非呀这方面去引，待你一回话，就抓住你的把柄了，反正怎么也说不清楚。但赵叔本来就不多话，但凡一扯上是非，立刻满脸堆笑："我先走一步，张老师还招呼我买把小菜带回家呢！"说话的人只好满脸悻悻，目送赵叔微胖的背影渐渐消失。有人故意找点尖锐的话题，等着赵叔来跟他掰扯，比如在人多的场合这样说："赵高工，听说你那天在'比武会'上展示的那手绝活儿，东郊有个高工前几年就用过了，严格说你算不上创新哦！"赵叔笑呵呵听着他说，然后笑呵呵地回答："是吗？那你什么时候把你说的那个'高工'请到厂里来,咱们一块儿跟他学学。还有,液压机修理跟电机修理还是不大一样的,据我所知,他是做电机这块儿的哦。"然后谈笑风生地打饭、吃饭,夸赞今天食堂的"咸烧白"做得入味。

1995年初夏,"红柴厂"往"集团公司"改制,新编制里有了一个"总工程师"的位置,属于最上层的公司领导,赵叔则不出意料地成为这个重要位置的不二人选。人选厂里是确定了,还需要向上面打报告,等待上面考察、开会、下文,这样一来,等待的时间至少半年。半年吧,说长不长说短不短,要是一切顺利不生出别的枝节还好,可就在这半年里,事情却突然起了变化。1996年春节,赵叔突然"肠风"缠身,此后一直缠绵病榻。

"一天最多得拉二十道肚子"的赵叔,被单位从厂医院送进了"川医",住院时已经因为脱水而神志不清。挂了三天点滴后,才勉强有了发出声音的气力。或许来势汹汹的"肠风"冲垮了他强行设置在头脑中的层层防线,他一反常态变得唠叨,在呻吟之间反复告诉来看他的人:"我是吃了兄弟媳妇弄的没刮鳞片的鱼遭的。对了,二弟媳妇。"

赵叔是家里的老大,有三个弟弟。四兄弟当中,他算最有出息的,而二弟则算最倒霉的——20世纪80年代从政府调到企业,90年代他所在的企业不景气"内退",每个月拿两百块"稀饭钱"。但二弟媳妇却是要强的,一个小学语文老师、班主任，当初只用了两年便通过自考拿到本科文凭。赵叔家里团年，原先约定是几个兄弟轮流操办，但有几年，赵叔都抢着操办，而且花钱在街上请馆子里的厨子上家里弄，一桌子满满当当、富富态态。团年饭即将开场之际，做东的赵叔还会先来一大段新年致辞，用他已经百岁的祖父的话来说，唯他是家族里的出息之人，有别于其他不肖子孙，堪为表率。但团年夜，二弟媳妇每每借故堵车之类，晚来几分钟，恰好错过赵叔热情洋溢的演讲。1996年春节的年夜饭是二弟媳妇张罗的，这个做东的机会是她拼命抢来的，理由是"替大哥庆贺"。当然，二弟媳妇的年夜饭全部由她自己亲力亲为，虽说样数少了些，但每一个菜都大份儿。尤其是圆桌正中那盘鲤鱼，至少有三斤重，炸得酥香，又做了豆瓣风味，很诱人。但那条大鲤鱼是没有去鳞的，二弟媳妇历来的饮食主张是鱼不刮鳞，因为鳞片吃了能补钙。

  赵叔呢，特别喜欢吃鱼，厂里人都晓得他是"鱼猫子"。那天年夜饭大半条鱼都是他吃的，虽然看见鱼没刮鳞心里不太高兴，但还是抵不过诱惑。当天夜里守岁，就隐隐觉得腹胀，正月初一下午，就开始腹泻，连续几次后，赵叔也很警觉，吃了黄连素、氟哌酸，并没能起效。夜里更厉害了，他一连跑了十几次，最后拉出一片鲜红。

  "你们不知道呀，堰塘里的淤泥都藏在那条鱼的鳞片底下，那个草鱼、鲤鱼要是不刮鳞，吃死人都有可能。"病榻上的赵叔拖着哭腔说，几乎逢人就说，而且反复强调是二弟媳妇亲手做的鱼。没有刮鳞的鲤鱼，似乎还散发着阴谋论的味道。

"大哥这样说话没道理。他之前肠胃就不好，稍微吃点不干净的东西，就会闹肚子，怪不到鱼鳞上。再说，没人逼他吃，对不对？"二弟媳妇逢人便喊冤叫屈。二弟一家也住在成都北郊，几个老厂彼此相熟。大多数时候，话头并不是二弟媳妇主动挑起的，是别人想方设法绕到那上面去的："哎，听说你屋头大哥团了年就不好了？"听完二弟媳妇的一通辩驳抱怨，旁人会心笑笑，然后做出安慰的言语、表情和动作。这样的对话，我与家人外出时遇到过两次。

其实，赵叔先前肚子不好是有点苗头的。父亲从20世纪80年代后期开始，就常与赵叔一起出差。他发现赵叔只要出差，黄连素便是必带的备用药品，且十有八九会用上。在青岛，赵叔一边就着温水吃药一边告诉父亲，这地方靠海，和四川这样的内陆水土差别很大，外地的人大都会有水土不服的表现，有人头疼，有人身子发软，还有人会拉肚子；而他属于肠胃敏感的那种，前一天吃多了海味，后面肚子就有反应。父亲以为然，因为那几天他自己确实感冒了，并没有往深处想。

总之，"赵高工吃鱼吃遭了"的事流传甚广。

赵叔正月初一突然犯病，正月初二开始进医院。最先以为是普通的急性肠胃炎，去的是厂医院，可是几顿屁股针下来,并不见奏效。拉肚子时间一长,人便乏力、低烧、脱水,一堆症状都来了。不得已,厂里送奄奄一息的赵叔去了"川医",住院输液一周,拉肚子没有完全止住,还多了土话叫"壁胀"的新问题——腹中发痛发急,如厕却只有一点脓血。"川医"给赵叔做了无数检查,验血、排泄物细菌培养、肠镜……无创的有创的,病人受尽折磨,所有检查的结论却都似是而非。个别医生还有更吓人的推测——结肠癌,理由是培养不出能合理解释病因的细菌,而肠壁的小溃疡很可疑,可验出的"非典型细胞"又不等于"癌细胞"。

"还是祖国医学博大精深,人民群众的智慧无穷哪!西医拿不出结论,中医一个词——'肠风',就把症状病史概括全了。"一个消化内科专家感叹道。

来往于"川医"的第一年,听着专家教授们的各种解释和猜测,赵叔和家人的心情就像坐过山车一般,起起伏伏,惊险跌宕。这不算,渐渐地,厂里有了一种群众间流传的说法:老赵,赵高工,人好技术好,啥都没得说,连老天爷都觉得所有的好事不能叫他一个人拿去了,所以来了恼火的病。父亲对这种说法以为然,而母亲却又扁嘴:"这叫人太精有天收。"领导们之间交流的信息是"老赵可惜了,身体不好"。1996年春天,上头派下工作组来考察"总工程师"人选,这些说法自然也传到了工作组耳朵里,因为"身体原因",赵叔被认为"不胜任","候补"程序启动,他的"徒弟"——

一个年轻的"高工"幸运地"捡了个漏"。后来知道,也不完全是"捡漏",那个徒弟本来也是上头某领导的女婿,是市里的青年人才,当年还是赵叔主动要带他的。

综合种种,本来春风得意的赵叔,确实是被一条没有刮鳞的鱼害惨了,如果这条鱼真的与他发病有因果关系的话。之后数年,恼人且无解的"肠风"死死缠上了他。

不过,在历经"肠风"的花样折腾以后,赵叔也顾不得这许多的功名利禄了。再争强好胜的人,在经久不愈的病跟前,只有任由那企图心一点一点地灰下去,哪怕有点正常人的生活就阿弥陀佛了;同时,还得眼睁睁看着,周遭境遇发生的变化。初始,有许多看他的人,有人主动送熬得雪白的鲫鱼汤,鱼是别人钓的土鲫鱼,鱼鳞当然是刮干净了的,鱼汤整整送了三个月。大半年过后,赵叔又病重住院,他爱人那段常常出差,在厂里找他那帮徒弟帮着送饭送汤,徒弟们都推说忙,竟然没有一个人应允,最后,还是我父亲念及同事情分主动担下了这个事。若干年后,赵叔倒真心跟我父亲格外亲厚了,从重庆看儿子回来,总要给他带点小礼物;2003年我调去重庆工作,他也让儿子多处关照我。

"我来试一下。"1999年,一个叫欧阳的访学归来的医生主动找上了赵叔这个棘手的病人。在消化内科,快四十岁的欧阳从国外导师处带回的新观点还不太被接受,加上"人不大谦逊",在科里算是个边缘化的存在。当时,专家们看见纠缠多年的"老病人"赵叔,一心只想打发他快点出院;不然,处境不利的欧阳也不会轻而易举地得到这样一个病人。赵叔已经不再计较给他看病的人是不是知名专家,只要能有效;只要有个确切的说法,试一试未尝不可。

"他可是极有价值的病人。"欧阳兴奋地对不解其意的同事说。

"欧阳不像那些专家,他是一切都自己上阵。他亲自给我做肠镜,那时没有麻醉,但他手轻得很,也没大的疼痛。现在想想,他是把我当个科研病人对待,我在他那里看病治病,大概将近十年。"赵叔后来回忆道,"我在欧阳手上,差不多俩月一个肠镜。"

白天做肠镜,夜里欧阳在自己的实验室忙个不停。"欧阳一定从赵叔肠子上扯下不少肉吧?"这样想着,我常常下意识捂住腹部。几年后,欧阳得出了"非特异性溃疡性结肠炎"的结论——老百姓把这种经年不愈的拉肚子叫做"肠风",当然全国各地可能还有些别的称呼,但这样正式的医学术语在国内提出还算先进。赵叔那来势汹汹又延绵数年的"肠风",终于有了一个确切的说法。随后,根据实验室的观察,欧阳在国际期刊发出了几篇高影响因子论文。病因找到,治病的方法却仍在摸索,摸着石头过河。十年后,赵叔彻底放弃西医治疗,也不再大包小包吃中药了,转而做气功、搞食疗,用他自己的话来说,硬是用意念把拉肚子的次数控制到一天两三次，虽然腹痛还是来得猝不及防。据说，当年"总工程师"黄掉以后，除了病紧住院之外，赵叔依然坚持工作，而且把自己的"拿手活儿"看得更紧了，他依然把手伸进机器里面鼓捣，末了机器复原运转，周围的人依然不知晓他内里的修理过程。

"如果我没有'肠风'，当上了厂里的'总工'，自然不在乎这些嘘嘘摸摸的小事。但我现在和将来只能靠手上的技术吃饭，就得把饭碗端稳。"赵叔对我父亲说。

没捂几年，厂子却像他当初得"肠风"一般，突然大量亏损，听说是最新上马的生产线太高端，生产出的东西不接地气——就好比满街都还跑着桑塔纳、奥拓，你却在做宝马、奔驰的发动机。青黄不接的"红柴厂"最终被其他企业给收购了，不过赵叔已经提前退休，常常跑到重庆安家的儿子那边。

2018年，我听说，当年并不被专家们看好的欧阳医生，一步步走高，已经成了中国工程院院士，主要攻关方向之一就是"非特异性溃疡性结肠炎"。算来，赵叔的"肠风"好歹成就了一个名医。

也是在2018年，害了二十多年"肠风"的赵叔，抱到了第二个孙子。此时，他已经是一个头发花白很善于在重庆大小超市里挑选新鲜藤菜的老人家了，一个具有精明、节俭、持家特质的成都老年男性，区别于一众嗓门洪亮、行动粗犷的重庆老人。在帮儿子"带娃娃"的忙乱之际，赵叔回过神，突然发觉自己有半年没拉过肚子了,难缠的"老病"终于消停了。

〖胆结石〗

  医者释义:胆结石是指胆道系统包括胆囊或胆管内发生结石的疾病,属于常见的疾病。按发病部位分为胆囊结石和胆管结石。结石在胆囊内形成后,可刺激胆囊黏膜,不仅可引起胆囊的慢性炎症,而且当结石嵌顿在胆囊颈部或胆囊管后,还可以引起继发感染,导致胆囊的急性炎症。由于结石对胆囊黏膜的慢性刺激,还可能导致胆囊癌的发生,有报告此种胆囊癌的发生率可达1%~2%。

  我在彩超精准发现胆结石的第二年,果决地做了胆囊切除手术,那时还没有出现任何症状。那是2012年,手术前一周,熟识的肝胆外科医生很贴心地劝我等一等,说胆囊总归也是人体器官,有用的,切掉毕竟会有点"副作用"。我却坚持自己的想法不动摇,相比于"健康无虑地生存",一点"副作用"算得了什么。等到做完手术,拿到那几颗被胆汁浸润得发黄发绿竟有些小卵石模样的结石块,竟生出几分神奇的感觉,左看右看,想象究竟是什么物质可以凝聚成这种东西。

是每天进食过量的胆固醇和脂肪？是经年累月在工作生活中积攒的怒气怨气？诚如彩超所见，我身上的结石虽属多发，但都不大，甚至不及一颗豌豆的大小，我似乎真有些操之过急了。但通过切除因为结石微微发炎的胆囊，我终究是获得了一种安全感。我坚持如此，是因为祖母的遭际。

1998年，因为胆结石，做完胆囊切除手术的祖母，遵医嘱从成都第×人民医院出院，但出院不等于痊愈。从腰上缠着一根胆汁引流管回家那天起，祖母生命进入了倒计时。起初，因为暗暗折磨了她将近二十年的胆结石在某天下午激烈发作，疼得她在沙发上翻滚呻吟，送到厂医院又被误认为是急性胃炎，吃了两天止痛药和消炎药不见好转后，接着又被家里人送进成都第×人民医院这样的"大医院"。确诊，开刀切除胆囊，对于一个七十三岁算得精干的老人来说，一切本属顺利；但病理结果却大大出乎意料：胆囊癌晚期，平均生存期不足三个月。由于家人刻意的隐瞒，出院后的祖母并不知晓实情。她给阳台的紫茉莉浇水，给院子里的小鸡仔喂饲料，还想着再过几个月鸡仔长大了，熟莴笋出来了，又可以喝土鸡汤了。唯一不方便的，只是腰上缠的那根黄色管子，不好洗澡。

我还记得，从祖母体内取出的结石只有一颗，纯黑色、个头大且像个枣核一样，两头尖尖。

"你看，胆囊壁被这玩意儿刮来刮去，时间久了肯定发炎致癌。"捏着结石，父亲这样推测祖母的病因。

父亲说得对，癌症是痛的，但天长日久的结石痛加上刮花的伤口痛，最终遮蔽了致命的大病。

"要怪，就怪那颗结石怎么会长出来，为什么别人不会长那么大那么尖的石头？我听车站上的高老师说，人呀，动不动就生气的话，气积多了，就成了结石。"母亲说。

根据第×医院专家的推测，这颗大结石已经存在将近二十年。

祖母同母亲的婆媳矛盾，同结石一样，也有将近二十年了。

母亲在彭州工作，每隔两天回来一次，而且回来的时候常常是晚上八点多。其实，母亲回来的那顿晚饭是开得很好的，有大荤，那时大荤难得。祖母端出给她留的晚饭，有一小碗红烧肉，肉是五花，几乎全肥。母亲吃了两口便皱眉："妈，肥肉太腻味了，您就不能给我留几块瘦的吗？"祖母在厨房洗洗涮涮，隔得老远，但媳妇抱怨的话却是声声入耳，她扭过头，冲着客厅的方向拉开嗓门："你喜欢吃肥的，说肥的香，瘦肉柴又卡牙缝，我就记下了。再说，割肉也要起早托人，才拿得到有点油水的，你们年轻人硬是不当家不知柴米油盐贵……"

母亲刚想还嘴，说这几块肥肉是祖母故意挑剩的，却想起外祖母前些天跟她说的：幺女呀，晓得你们婆媳不好处，但且忍忍，不要跟老年人吵，要折福的。于是，压下筷子勉强熄了火。再说祖母这人，不论已经跟母亲当面撕了多少回，但见着亲家母,还是一个劲夸媳妇好,媳妇懂事儿。亲家母如果说起女儿与女婿的纷争,那么祖母定然会告诉她,这些事情都是自家儿子不对,他不心疼媳妇儿,我心疼呀,万青就和我亲女儿一样!也不知祖母说了那么多言不由衷的"面子话",心里会不会积上气。是嘛,儿媳妇顾家也努力挣钱,可她赶着回彭州上班,早上四点过就穿钉了钉子的高跟鞋,在"几间连一线"的闷罐房子里"穿堂过",脆响的声音让被子里的人心惊;儿媳妇耿直呀,可她的性子一点就着,憋不得一点委屈……

还有,数十年爱而不得的郁闷,恐怕也是祖母这颗要命的胆结石的重要组成部分。

祖母喜欢在屋里说,年轻夫妻还是得有点规矩,有点做父母的样子。她说这话的时候,父母亲正在沙发上开着玩笑,嬉笑打闹,带着暧昧亲热的调调。

所以,母亲老说,祖母在的时候妒嫉她,妒嫉她和我父亲恩爱的样子。我说,她怎么可能嫉妒你?她的儿子多个人关心,不是更好?

母亲悻悻地说,你不懂。但又不肯再讲下去。

祖父1976年夏天就去世了,我是1979年出生的,从来没见过他。从我记事开始,祖母就一直跟我说,祖父长相英俊,个头高大,最后入殓时,他的腿从灵床上伸出好长一截。祖父特别会吃鱼,吃祖母亲手做的豆瓣鱼,稀里哗啦,最后就见从嘴里拖出整根鱼骨头出来。祖父读书了得,从四川大学毕业,就进了重庆大学电机系当教授。虽属于旧时的包办婚姻,但祖母一说到逝去的祖父,被密密的褶子压得细细的眼睛,里头分明有小小的星星闪亮。祖母那么喜欢祖父,但两人并没有在一块儿过,一个在川西坝子,一个在山城。我问为什么?祖母只告诉我,那时条件不允许。

祖母去世几年后,我才从一个好事儿的亲戚那里听说:祖父祖母早年由各自父母做主订婚,可祖父在大学里有了女朋友,他家里以断绝供给、断绝关系相威胁,逼着他回来成婚圆房。个头矮小、不能识字的祖母,是断断不能被祖父接纳的;更何况那俊秀多才的男子心中,只有一个独立敏慧的女大学生。于是,父亲成了那个年代罕有的独生子。祖父甚至不愿接祖母一同过活,父亲都是十岁上才被他带到重庆读书的。祖父的确喜欢吃祖母做的菜,可临死也没能让祖母陪在身边。祖母孤独一生,却不愿与祖父离婚;祖父终其一生,未能相伴挚爱。年长些,我读鲁迅与朱安的掌故,心头总会掠过祖辈的旧事,可鲁迅竟是没有碰过朱安一指头;而无论是否违背意愿,祖父祖母到底做了真正的夫妻,甚至还生下孩子。我相信,看见那暑月间出生的白白嫩嫩的亲骨肉时,祖父内心也一定流淌过初为人父的喜悦,甚至,会认真地看一眼经历昼夜苦痛挣扎才越过鬼门关的妻子——不爱,毕竟已是亲人。但终生遗憾已经深扎心底,无论祖父或是不愿言说毕生悲哀的祖母。

知晓母亲的艰难，父亲一参加工作，便把她接到身边。从此，无论漂在哪里，祖母都必定与父亲一起。母亲的到来，自然而然从祖母的生活与情感中削去了许多东西。祖母在母亲的侵入下，越发热爱厨房。她霸占这片领地，不断创新方式方法，端出令人出乎意料的新菜，因为物质缺乏，肥肉、内脏是主材。如今微信朋友圈流传，这些东西富含胆固醇，不仅会导致"三高"，还是胆结石的发病基础。

父母亲嬉笑打闹，可如果祖母喊身上疼，儿子媳妇立刻就很紧张。最初，祖母喊肩膀疼，父亲母亲一人立一边，给她按摩搽风湿药酒。1996年底，搬进厂里统建的集资房，比筒子楼更见阳光更通风，祖母的肩膀疼不知不觉就好了。之后开始后背痛。其实，后背痛是胆结石开始发炎发作的症状，由怨气、遗憾以及胆固醇凝结而成的纯黑色石头，尖尖的角划伤胆囊壁，炎症日益加剧，可腹部除了有点发胀并无其他异样，倒是后背的疼痛有些明显。有人会问，这个病进医院做个B超就发现了呀？可20世纪90年代，社会上各个单位都很少安排职工体检，更何况一个没有工作没有退休金的老人。

祖母的后背疼每一发作，全家都把注意力集中到了老人家身上，连正读高中、学业紧张的我也要加入。倒热水的倒热水，找膏药的找膏药，按摩的按摩。祖母小声地呻吟着，不知在众人的忙碌下,她的疼痛有没有缓解,但神色一定是欣慰的。

现在想来,父亲便有过对这种频繁"后背痛"的警觉。

"妈,要不要到医院去检查一下?"

"去看这个干吗?我这是一天到晚干家务劳累淘神害的,你们几个有点孝心就好啦!"

病痛的小打小闹终于在1998年的秋天结束,剧烈腹痛发作后吃了几天胃药的祖母,在接连数天的闷油厌食后,被父亲发现与其他人相比,面色黄得很不正常,最终父亲将祖母送进了第×医院。打B超一检查,发现胆囊里有一颗很大的结石,最要命的是,橄榄状的结石一半已经卡到了胆总管里面,以至于堵塞胆汁引起严重的黄疸。那天,手术结束、病理还没出来的时候,主刀医生告诉父亲,还差那么一点,祖母的胆总管就被结石堵爆了。手术很成功,对于一个七十多岁的老人来说,毕竟这是有相当风险系数的——那时腹腔镜这样的微创术式还没有普及,都是肚子上拉一刀。父亲高兴极了,当下托人做了一面锦旗送给医生。可惜,锦旗送出的第二天,病理结果出来了——胆囊癌,一种恶性程度极高的癌症,且已扩散。随后有人私下告诉父亲,术中切下的胆囊看上去胆壁就很厚,作为一个有经验的医生,遇到这样的异常情况,应该果断采取术中快速病理检验,扩大切除范围。"这是医疗事故啊!"那人说。"算了,听天由命,已经没办法了!"

父亲回答。

出院后的祖母精神了不到半月,很快,整个人萎了下来,吃不下东西,没有气力,动弹不得,脸色黄得像裱纸。一个月后,甚至水也喝不下,吃什么吐什么。起先,祖母只是认为自己生了场大病,家里姊妹也有七十岁上生大病的,但好了过后活过九十的也有,只要挺过去就好。直到有一天,她发现自己吐出了褐色的血丝。

"我究竟得了什么病?你给我说真话。我妈害病去世前也吐黑色的血。"祖母问父亲。

"您的病害错了。"父亲怯怯地回答。

"哦……"祖母长叹了一口气。

再往后,祖母即使再难受,性情上也平和了许多。得知真相前,她每天都追着父亲问,给她找到什么治病的方子没?如果父亲回答"医生还在考虑"之类的话,祖母会号哭着骂人。后来,她开始主动与母亲拉家常,甚至把自己拿手好菜的私密做法告诉母亲,"你是要和他们过一辈子的,一辈子长哩,几十年。"

我记得,祖母临走的前一天晚上,在病房里还一字一句地教给母亲怎么炖猪蹄才够软糯,仿佛这才是最重要的遗嘱。我和父母都喜欢吃炖猪蹄,用泡发了一整夜的大白豆来炖,先用大火把砂罐煮开锅,然后转小火炖上三个钟头。那猪蹄从皮到筋都糯糯的,咬一口都黏嘴。生命的最后几天,祖母一直念叨着要吃炖得软软的莴笋头。那晚，母亲做了喂给她。祖母虽然只咽下两小口，却一直称赞着——这是记忆中祖母唯一一次称赞母亲的厨艺。那一晚，一向话多的母亲安静地听着祖母的一字一句，手扶在祖母肩上，任她那白发稀疏的头紧靠自己胸膛。我的记忆里，她俩从未如此亲近，虽然，隔着二十一年的时光，祖母最后的模样与母亲脸上的表情，都不那么清晰。

祖母去世后的许多年，或许是因为关注，我常常听闻周围人得胆结石的消息，大多是每年例行体检时被彩超看出来的。除了事态紧急的胆总管结石或肝内胆管结石，患了胆囊结石的大部分人，还是愿意与形状大小各异的石头共处，就如他们与众多人生的不快那样和谐相处——毕竟胆囊保住了，胆囊还是人体生而有之的器官之一，不能说切就切的。很不幸，我是在2011年查出胆囊有几块小结石的，从此如芒在背。因着祖母那属于医学上的2%的概率，还是毅然决然地赶在疼痛尚未启动之前，主动到医院切掉装着小石头的胆囊。人生要背负的东西太多，卸下那些让人不安的存在，到底是件好事。

妇女病

川渝民间称"妇科疾病"为"妇女病"。

> 医者释义：女性生殖系统的疾病即为妇科疾病，包括外阴疾病、阴道疾病、子宫疾病、输卵管疾病、卵巢疾病等。妇科疾病是女性常见病、多发病。

念小学的时候，子弟校里有个六年级女生叫做张泰（化名），才十二岁就有一米六五的身高，瓜子脸，眼睛又大又机灵，说话的声音就像夏天成熟的西瓜翻沙瓤子一样甜。对我们这些三四年级长得像豆芽菜一般的小女生来说，张泰是我们对于美少女的实在认知。尤其是她的胸脯已经显山露水，两座小丘陵似的感觉，更是让尚未进入青春期的我们大大羡慕——平素常有小女孩子趁大人不在家，把父母床上的两张枕巾各自揉成团，塞到胸前，然后在家里的半身镜前扭来扭去。当然，对"小丘陵"的爱慕必须埋在心里，说出来是要被周围流着鼻涕的男生起哄嘲笑的。小女孩子们团在高了一个头的张泰周围。张泰喜欢偷偷看日本漫画，然后把其中那些跟恋爱有关的故事讲给我们听，绘声绘色；还时不时从家里偷拿口红等化妆品给我们涂抹。起先不觉什么，但我们和张泰越走越近，家里的母亲们却纷纷反对起来。

"嘘，我妈说了，不要和张泰裹得太紧，因为呀……因为她妈妈是个'破鞋'，身上有妇女病，她带着她妈传给她的病菌，和她玩会传染妇女病哟！"一个女同学向我们传达了一个可怕的信息。

张泰的母亲挺有名，不止在厂里，在整个成都北郊都是属于那种有故事的女人。张泰的母亲生下张泰的时候，已经有四十六岁了。人们传说，张泰母亲解放前是个妓女，还是"很红很赚钱"的那种——她是小时候被穷得吃不起饭的祖母卖到"妈妈"手里的。解放后，人民政府把她改造成了自食其力的工人，又在组织安排下，嫁了一个比她大二十多岁的老师傅，也就是张泰的父亲。张泰刚上小学一年级，她的老父亲便去世了。张泰母亲平素不大露面，即使开家长会，她也是匆匆来，匆匆去。只隐约记得，那是个喜欢穿深色布料，身材清瘦，虽然脸看上去年纪很大却明显化着妆、收拾得规规矩矩的半老太太。

起先，母亲们命令式地阻止自己的女儿和张泰玩，并不奏效；而"妇女病"这一说法散布开后，竟再也没有女孩儿愿意和张泰交往。因为在大人有声有色的讲演下，"妇女病"既凶险更"脏"，好女孩是不会得这个的；得这个的，都是不守规矩、被男人沾过的坏女人，比如"破鞋"之类。"破鞋"的病都是要传染的，烂屁股烂鼻子烂眼，如果治不好就会变得人不人鬼不鬼的。

被吓得远离张泰的，除了我，还有毛毛，一个父母都是子弟校老师的女孩子。

我和毛毛很要好。读初中一块儿看《故事会》，里面讲到一则故事：一个农村女孩毫无征兆地发现自己肚子越来越大,为了防止村里人指指点点,她拼命找宽松的衣服穿,可无论她有多么焦急,肚子还是一天天见大,逐渐长得像怀了好几个月身孕的模样。她一边千方百计隐瞒,一边按照土办法,杀了家里打鸣的公鸡,炖熟,然后坐在大锅之上,等待公鸡的气味杀死潜藏在自己体内的"蜈蚣精"。当然,这是不奏效的。最后,被父母拷问的女孩的哭声,惊动了下乡服务的城里医生,他查看女孩的情况,发现女孩既没"乱来",更没有所谓的"蜈蚣精",而是肚子里长了个巨大的卵巢囊肿。这是一种"妇女病",即使黄花闺女也会得的"妇女病"。看完这个故事,我周身汗毛竖起,生怕哪天肚子里也生个这样的瘤子,倒是毛毛很镇静:不要信这些书上瞎编乱造的故事,我妈说了,女孩子只要结婚前不和男人乱来,是不会得病的。

"乱来"的定义,母亲们都语焉不详,我和毛毛一边成长一边探索。我们偷偷读一些书,观察春天的小动物,在大学寝室里猫着看光碟,逐渐搞清楚了"乱来"的含义。我们自己认定,"乱来"是说男女亲密接触的最后一件大事,与生孩子有关,与女孩体内那层膜有关,除此,拉手、亲吻、抚摸都算不得什么。我和毛毛这些"70后80初",在我们的青春时代,小心翼翼地把握着这条底线。

读大三时,毛毛跟我的聚会,开始谈论一个特别的话题:与大学谈的男朋友出去旅游的话,倘若住一个房间,应该怎样阻止青春勃发的他进入自己身体。毛毛告诉我,其实她和男友什么都尝试了,但她还是不敢突破最后一层底线。

参加工作后,毛毛每每在电话里鄙夷地提到单位的女同事:那几个女的,连婚都没结,体检就主动去查妇科、查白带,怎么查?要让仪器伸进那里吗?嘀,这不是典型的"此地无银三百两"?毛毛告诉我,她就算做B超也不会查妇科的,她是个大姑娘,哪里会有问题?

从2002年开始,毛毛发胖了,胖的部位很蹊跷,只有小腹。毛毛很气恼,因为她最反感的一个中学老师就是一个小腹臃肿的女人,而且是中年妇女,她才二十三岁呀。可她试了很多办法,怎么也减不下小腹。待到2005年夏天毛毛结婚时,去拍婚纱照,有一个摄影师竟偷偷问她:"美女,你怀孕几个月了?"才为人妇没有几天的毛毛又恼又怒,刚想发作,却突然急着小便。那段时间,毛毛的小便越来越频繁,其实夏天出汗多,加上筹备婚礼忙得团团转根本顾不上喝水,可就是老有尿意,甚至还有点憋不住的感觉。

毛毛的病是在怀孕时发现的。毛毛跟自己的母亲一样,属于"开门喜"——婚后第一个月怀上孩子,这一点,据说只有"大姑娘"才可能做到。验孕试纸初步证明"开门喜",毛毛和家里人就开始等着两个星期之后,三甲医院的彩超能够看见小小的胚芽。毛毛的小腹显而易见地"出怀",她母亲逢人说:我家幺女指不定是怀的双胞胎。

终于到了做彩超的日子,这也是毛毛二十五年来第一次做妇科方面的检查。探头才刚刚接触到隆起的涂着薄薄显影黏液的小腹，医生便叫起来："好大的子宫肌瘤！啊，有十七公分！这么大的瘤子，以前你都没有发现吗？！"毛毛的脸色骤然煞白，毛毛妈惊惶地喃喃自语："啊，不是说怀上了吗？！"医生面无表情地接茬："是怀上了，可那子宫被瘤子弄得像怀了五个月娃儿那么大，变形金刚似的，你还指望这孩子能生下来？醒醒吧，赶紧做人流，然后拿掉瘤子，不然后面会发生什么，谁都说不清楚！"

起初，毛毛妈不信邪，可接连走了几个大医院，结果都一样。医治方案很是冷酷，必须先刮掉孩子，然后挖掉大瘤子，没有任何回旋的余地。"我家女儿那么规矩那么好，怎么年纪轻轻会得这样的'妇女病'呵！"毛毛妈在病房里哀叹。隔壁病床是一个十七岁的女孩，外阴癌晚期，同样是个母亲看着长大的好女孩，早先女儿说下面疼的时候，母亲觉得黄花闺女能有什么大事呢？

那个大瘤子绝非一朝一夕，它应该在毛毛的子宫壁上静静地生长了许多年，但也不是没有一点征兆。

在小手术连着大手术的三个月当中，毛毛告诉前去探望的我，说她陆续想起了很多过去没有放在心上的事情。比如，刚参加工作那一年，她仍在读研的大学同学被男友带着，瞒着父母，偷偷去一个郊区小医院打胎，子宫穿孔大出血，生命垂危。她是在床上躺着接到男孩子的求助电话的，但她除了借出一笔钱,别的什么也做不了——因为那次她的例假一连来了十几天,人几乎都快撑不住了。再比如,她一直认为自己的小肚子长了很多很多的肉,肉应该是软软的呀,可摸上去却硬邦邦的。再比如,无缘无故的尿频,她刻意以少喝水来减少麻烦,可她没有想到的是,那是生着巨大肌瘤的子宫已经压迫到了膀胱……

挖出生长多年的巨大子宫肌瘤绝非易事,肌瘤生了很多血管,手术中被切断的血管一瞬间喷出的血甚至飞溅医生护士一身。手术进行了四个多小时,前后输血一千多毫升;而普通的子宫肌瘤挖除术,最多一个小时,一般也不会有术中输血这样的危急情况发生。主刀医生在手术记录中写道:2005年9月10日1例,这是近两年我院妇科挖除的最大的子宫肌瘤,19cm*15cm。

好在,历经这个骇人的妇科手术,毛毛逐渐恢复如常,除了因为气血大亏从此变得虚胖之外。医生说,遍布疤痕的子宫必须恢复两年后才能尝试怀孕。五年后,毛毛怀上了孩子,这是她此生唯一的孩子。

2019年,毛毛已经是一个九岁女孩的母亲。对待逐渐长大的女儿,她不像我们的"50后"父母,只和我们谈论如何做一个乖巧懂事的"好女孩"。在我们问出与生命相关的问题,父亲会说"哎呀,不要说这些",母亲会责怪"说这些就不是好女孩"。毛毛坚持自己带孩子,与自己小小的女儿交流生命的由来。上个月她告诉我,最近她正密切关注宫颈癌疫苗,准备几年后也带女儿去香港打针。毕竟,现在的孩子早熟,十几岁就恋爱了,有些事情,与其死命阻止,不如早防早好。

"笑疯子"和"哭疯子"

医者释义——

精神疾病:精神疾病又称精神病,是指在各种生物学、心理学以及社会环境因素影响下,大脑功能失调,导致认知、情感、意志和行为等精神活动出现不同程度障碍为临床表现的疾病。

心理疾病:心理疾病是很普遍的,只不过存在着程度的区别而已,而且现代文明的发展使人类愈发脱离其自然属性,生活节奏快、信息量空前巨大、社会关系复杂、作息方式变化、消费取向差异、在公平的理念下不公平的事实拉大等,都使心理疾病逐渐增多并恶化。心理疾病种类很多,表现各异,而且有可能出现更多的以前都没有注意到或已经合理化(不认为是心理疾病)的类别。

严婆婆的儿子是"红柴厂"尽人皆知的疯子,最大的特征是见人就笑，人称"笑疯子"。

1991年，我家住在一栋筒子楼的二楼，隔着走道，严婆婆一家就在斜对面。筒子楼每户不到三十平米，最多的一户住了六个人。除了两对年轻夫妻，只有严婆婆家是两个人。那时，严婆婆的三个女儿都已经嫁出去了，唯有三十岁的"笑疯子"还单身，跟母亲住在一起。平常，楼里的人时时可以见到"笑疯子"，他在厂里办了长期病休，可身体健康结实，成天被严婆婆支使着去农贸市场买菜、到食堂去打馒头、去商店买米等等。粗粗看上去，娃娃脸的"笑疯子"特别显年轻，个头有一米七五上下，这样的身高在四川是难得的；穿得一本正经，春秋季节是一件白衬衫加浅蓝色牛仔裤，冬天穿黑呢子长大衣，竟是个有些帅气的小伙子。但仔细看去，会发现他一直在笑，是那种挂在脸上的带点夸张的微笑，什么事情发生都不会中断的笑。

楼下有土狗，又高又大，喜欢追扑楼里进出的手拿东西的人，那嚣张凶悍的态势，连三楼成天说话冲乎乎的文姓大汉都不免惊得吃喝。那"笑疯子"端着几个白面馒头，在楼门口遇见前来挑衅的大狗。他不发一声，面上依旧笑着，只是弯下腰，顺手在地上摸索一根掉落的树丫子，一阵比画，狗就掉头了。听说，严婆婆一直张罗着给儿子说亲，好歹"笑疯子"每月有将近三百元的工资收入，啥都晓得，又不打人，长得也好。介绍人给"笑疯子"说的媳妇儿，要么是没工作的农村妹子,要么是福利厂里缺胳膊断腿的残疾姑娘,据说,女子们对"笑疯子"都没什么意见的,但"笑疯子"却一个没看上。靠近傍晚,整个二楼都听得见"笑疯子"铿锵的朗诵声:三伏天下雨哟,雷对雷,朱仙镇交战哟,锤对锤,今儿晚上哟,咱们杯对杯!

小孩们是怕疯子的。某天,一个小孩骑在楼梯扶手上往下滑,这也是筒子楼小孩们最常见的玩法。路过的大人大多扭头看看,然后无奈地摇摇头,赶着上班去了。"笑疯子"提着菜篮子路过撞见,会立马大喝一声:"下来,打屁股!小心脑袋摔开花儿!"突然棒喝,惊得学龄前的顽童们一愣,仰头见是疯子,呀呀叫着,然后一股烟儿地跑了。见状,"笑疯子"脸上戴面具一般的固定微笑,一下子变成咧开大嘴的乐不可支,还伴随着喜滋滋的双脚交替跺地。

当然,"笑疯子"可不是天生的,要不厂里怎会一直养着他?

"笑疯子"得病前,是铸造车间的年轻技工,20世纪80年代初进厂的技校学生,原先厂头都称呼他"小严"。在以"建四化抓生产"为主题举办的各种业务技能"比武"和竞赛里,二十岁出头的小严是绝对的"前三名"。小严也是厂里头一号的耿直人。赵叔是厂里的"老资格"了,长年累月他捂紧自己藏在液压机里的"技术秘密",拒绝传授给徒弟的样子,虽说有点不好看,但没人好说他,除了"二杆子"小严。食堂里,小严当着正在吃午饭的赵叔和一众小年轻的面,啪地打开自己的铝饭盒,盒里盛着菜肴的热气便立刻升腾而起,这是小严从家里带来的一份红烧排骨。他一面拿筷子殷勤地夹给围坐的同事们,一面拿眼睛盯着赵叔说:"瞧,捂着藏着好菜,大家哪知道啊,打开盖子大家才晓得是真香啊!"若我父亲坐在小严旁边,会使劲在底下拿脚踢他,可要这样的话,小严保不齐梗着脖子叫出声:"我说什么了,你踢我做什么?!"赵叔脸色只不自在了一瞬,很快又是一脸不在意的样子,拿筷子一个劲儿扒白饭吃。小严在桌子另一头啪地搁下饭盒,眼睛还是瞅着赵叔,调皮地扬起嘴角:"开玩笑,别生气啊!"

"小严是有点混,但人家年纪轻技术好,又没缺席旷工,该调的级数还是要调的。"讨论涨工资的时候,厂领导是站小严这边的。

小严有个毛病,喜欢把八字还没一撇的"好事儿"先端出来公之于众。我们川西坝子有句老话叫做:好事儿要先猫起。就像妇女怀孕的头三个月秘而不宣的道理一样,等胎坐稳了,再与亲戚好友分享添丁之喜也不迟。可小严偏偏要先说,说出来博个风头。众人冒一句"吓,你厉害了!"令得这青春正好的小子笑意盈盈的脸上,变幻出眉飞色舞。

刚开始,好事儿预告了就预告了,那一撇还是能画上的,该发生的照样发生。可事情在1987年的成人自考之后起了变化。十个科目的考试结束没多久,就有市里教育局的"知情人"

告诉他，他幸运得很，十科一次性通过。他惊喜了一夜，哪里揣得住，第二天就把这个并无旁证的"小道消息"公之于众。不到一个星期，几千人的大厂人人都知道铸造车间的小严一次性过了十科，即将拿到自考本科文凭。可是一个月过后，成绩正式放榜公布，大家赫然发现小严连挂了两科，而之前一直自嘲"考糊了"的一个女孩子，却十科全过。

"他那个市教育局的朋友是看他好耍，逗他玩呢。要知道，那时自考管得严、级别高，市里哪会提前知道成绩？省里还差不多。其实这些事，稍微过过脑子就该知道。"父亲说。

1988年，厂里选拔优秀技术工人"提干"，小严各方面都算不错，所以排在候选行列，呼声比较高。一段时间，在路上他碰到赵叔，平日啥也不愿多说的赵叔也神秘兮兮压低声音告诉小严："小子，听说你的事儿上会啦，我可是底下给你说了好话的！加油啊！"那段时间，许多人提前祝贺小严，小严也像模像样地提前请客吃饭。有两个月，小严的工资发下来就花得精光，甚至还向严婆婆和姐姐们伸手借钱。然而等到张榜公布，"提干"的却是赵叔的一个徒弟。

"这不公平，我哪点比不上那个臭小子？"小严冲进厂长办公室，想讨个公道，却跟闻讯赶来阻止他的车间主任动起了手。公道没有讨回，把车间主任打得手骨骨折的小严，先是在派出所蹲了两天，年底直接被降了两级工资。

第二年春节过后，落魄许久的小严一反常态地乐起来，他笑呵呵地贴上去告诉厂里的人——不管熟识还是不熟识的：他的能力被省机械厅看中，很快就要被调去，是厅长亲自点的将……小严说得有鼻子有眼，起先，厂里是有人信的，但与小严有过冲突的车间主任，坚决不信这个混小子有这种机遇和能耐，就四处托人打听，哈，结果还真没这回事。可被当众戳穿的小严在大家面前不羞不恼，笑嘻嘻地说："这个呀，是秘密、机密，只有省里的领导才知道。"奇奇怪怪的言语还有很多，比如，小严回家笑着告诉严婆婆，要不了多久，他们全家都可以搬到北京去，因为国家机械部要调他去。

1989年秋天，小严被诊断出患有妄想症，从此长期病休。介于他并非"武疯子"，厂里允许他在精神病院住院治疗半年之后，回到厂家属区和自己的母亲居住在一起。厂里出于对他的人道主义关怀，小严虽然常年病休，却拿全额工资。

"笑疯子"或许幻想的都是很美的事儿吧，要不为何一直脸上带笑？他的病休生活，除了一直没有找上合适的媳妇外，数十年来岁月静好。2018年，我在已经拆迁的老厂附近新建小区见到早已正式退休的"笑疯子"，他虽说依然挂着一脸面具般固定的微笑，却如正常人一样帮着他的外甥女看店收钱。他坐在柜台里，摇着蒲扇，用平板电脑追剧，好不惬意。偶尔，碰上一个两三岁的小孩，刚刚骑了一遍店门口响着儿歌的"摇摇马"，停下，却闹着还要骑。身旁的奶奶摸摸口袋，恰好没有了零钱买币，老年人又不会手机支付。

为难间,"笑疯子"搁下平板,从抽屉里掏出一块币,递到孩子手里:"喏,让你婆婆给你投起!"儿歌又响起,骑摇摇马的小孩乐得呵呵笑,"笑疯子"坐在柜台里,一个劲儿拍巴掌,脑袋还左右摇晃,很开心的模样。

与"笑疯子"对应,厂里还有一个"哭疯子",与"笑疯子"同龄。说她是疯子,其实每每到最权威的精神病医院那里去检查,医院都认为她没病。因为她认知正常,逻辑清晰,只是情绪过于低落、嗜哭,最后医院诊断她是"神经衰弱"——焦虑、抑郁、失眠。这些属于心理范畴的问题,过去人们统称为"神经衰弱",现在已经没有这种"非正式"的医学术语了。

"哭疯子"是一个女技工,生得漂亮,据说是在十九岁失恋以后开始得病的。但失恋并非导致她日常"哭哭啼啼"的直接原因,压倒骆驼的"最后一根稻草",却是失恋后整夜整夜的失眠。这种病态的失眠是惯性养成的,用今天医生的话来说,就是"应激期没有调整好或及时就医,被伤害的睡眠机制再难复原"。失眠这头怪兽带来很多副作用,包括可怕的斑秃,俗话叫做"鬼剃头"的。某天一夜无眠、翻腾了一晚的女孩子,天亮发现枕巾上满是散落的发丝,顺手一摸,惊恐地发现自己头顶上露出了两块小鸡蛋般大小的头皮。此后每一天,除了仔细回忆头天晚上究竟睡了几个钟头,就是惶惶然关注自己那两块头皮生出新头发没有,到底梳哪一种发型能有效遮住脱发的部位。旁人倘若多看她几眼，她就会流泪："我的丑态如此引人注目，我这辈子完了！"失眠及其并发症的攻击，最终引发了年轻女孩常年无休止的抑郁和哭泣。

"哭疯子"最常见的症状是"没事直抹泪、成天低着头、不和人说话"。虽然她同"笑疯子"一样，不打人不狂躁，没有任何公共危害性，但毕竟打上了"精神不正常"的标签，厂里人都有意避着她，还有许多关于"花痴"的风言风语。现在想想，"笑疯子"倒好像只有小孩怕，但"哭疯子"遭受的不待见更多些。或许，女性精神心理不正常者更招人厌烦？

相比之下，我对"哭疯子"印象并不深刻，因为她住在狭长的家属区的另一头，见之甚少，只是关于她的故事很多。"哭疯子"与家里撮合的一个中年技工相依为命，两人数年没有孩子，20世纪80年代末，"哭疯子"与丈夫离婚后，失踪了很长一段时间，据说是被自己的远房亲戚骗去山里卖给了光棍。厂里保卫科也出动过几次找人，但始终未果。几年后，"哭疯子"蓬头垢面地跑回厂里，那时神志有些不清了。她也同样办了病休，平时甚少出门，人们偶尔看见她，她也是披头散发拿着话梅等小零食绕着圈子散步，眼睛哭得红红的。也听说，厂里几个大姐，每个月都定时过来，按着她洗头剪发洗澡，因为头上长了虱子。一直挨到1993年的腊月间，"哭疯子"跳楼死了，自杀。

"哭疯子"死了，厂里的大人小孩对她倒没有多少同情，纷纷议论"神经病终于死了""其实死了对她来说也是解脱"。其实，"哭疯子"就是一个可怜的重度"抑郁症"患者。可是，哪怕到了今天，人们也喜欢把"心理疾病"等同于"神经病"，然后用奇怪的眼光上上下下打量他们。这就是事实，"心理疾病"患者有时比真正的"神经病"日子过得更难受。

（原发于《山西文学》2020年第1期）

老大姐传

大学生做农民。老姑娘,贩子,孤老。娃儿,不要学她

——乡人语

人活给自己看。畏畏缩缩冤枉为人。

——老大姐语

最后再"作"一次

2018年9月，已满七十八岁的老大姐发微信来邀请我去彭州乡下养老院跟她见面的那天，正好是她原先一直住着的老院子被包装成一个农耕文化民俗观赏点并隆重开业的日子。

观赏点开业那天，很多游客前来，在那里拍照发了朋友圈，其中包括我父亲的几个朋友。

"大姐有意思啊。"父亲一边看手机一边说。老大姐是个一辈子未婚的农民，除了几亩薄田，唯一的固定资产就是老院子里的几间房，约莫一百三十平米。父亲对于老大姐把房子租出去，自己再拿租金去住一个乡里办的养老院的举动，表示费解，觉得隐患重重。

对了，"老大姐"是我私底下对"大表姑"的称呼。我当面叫这位长辈"大表姑"，私下唤她"老大姐"，全是因为小时亲戚们话语间常提这位"大姐"。久了，小孩学舌，跟着叫"大姐"，被长辈指责"没大没小"之后，就改口"老大姐"。有个"老"字，似乎敬了些。

我趁机开口，问起老大姐，父亲很惊讶。听说我打算专门去养老院看她，父亲正准备扔烟头的手悬空停了几秒，然后吐出一句话："莫要学她。"

"莫要学她。"老大姐的乡人们在教孩子的时候惯用这样的语气,前面还会加上定义老大姐的几个关键词。父亲倒是从没有加过那些关键词。不仅仅因为老大姐是父亲大姑的大女儿,是父亲心中作为亲亲的大表姐、童年玩伴的存在,更是因为老大姐做的许多事情,是一辈子身在体制内的父亲当年想做而不敢做或者没有机会做的。

自然,这次如果父亲都认为住养老院不对头,乡人们一定又觉得老大姐在"作"了。有几间房子有点东西,将来动不得的时候,请个闲的亲戚帮忙做饭或者照料,也好过把自己交到养老院去。不过,这或许是老大姐这辈子做的最后一件招乡人们议论的事儿了。她马上八十了,想要再"作",恐怕也没什么机会了。

话说,紧邻彭州关渠堰的那座老院子,原属于老大姐的父亲。这座院子是一进四合院格局,很大,院坝足有一个小学校的操场大小,院子里有二十来个房间。解放前,有人劝老爷子在进门处立上一座影壁,说是可以保住"家财不外流""挡煞挡灾"。这些被老爷子几句话就挡回去了:本来就没啥金山银山,进进出出的才是正常,祖上百年间都没弄这主意,我这会儿弄他干吗?那时,院门进去右手的一间大房子是私塾。20世纪20年代,乡里几个乡绅合计让穷家小户的孩子读书。这件事本意是行善的,有钱出钱,有力出力。老爷子没啥钱,却主动出了办学的地儿。最多的时候,有二十五六个少年上私塾。请的先生有两个,一个是本村人,六十开外,清朝的老秀才,常驻;另一个是彭州县城小学里的算术老师,差不多一个月下来教四次。解放后,老大姐家被定为"中农、小作坊业主",院子重新做了分配,老大姐如今租出去的房子就是那时留给他们家的几间。

老爷子一辈子生了七女二男,男孩都没活过十五岁,三个女儿早逝,剩下的除了老大姐都嫁了出去,所以老大姐最终成了这几间祖产的所有者。

除了租出自己的房子,老大姐还动员院子里的五户邻居也照做,居然都成了。五户邻居里,三户跟着儿女进城,帮着做生意看铺子或是带孩子;另外还有两户,一户诉讼自己儿女不给赡养费已经几年了,一户是独生子已经过世。听说,那两户的老人跟着老大姐,住进了养老院。

接到老大姐的邀请,我几乎想都没想,就答应了。关于她租掉房子住养老院,我只是有点遗憾,正月间再也看不见她提着熏得黢黑的老腊肉隔着几棵腊梅在家门口招呼我的高兴模样了。那几棵长了二十多年的腊梅树,已经被商户挖掉换成紫藤。后来,我听说,这是老大姐在这次租赁交易中极其不满的一件事。

川西坝子的九月依然没有退热。阳光灿灿热气蒸腾,在离老院子六里开外的养老院见到老大姐的时候,她正站立在院坝边几株大丽花的阴影下,拿大剪子给一个老人剪头发,旁边还有两个老人排队等着。看我来了,她赶紧遣散那两个等着的："喏，我侄女来看我了，明天吧！"我站在一边看她继续手上的动作，老年人稀疏散碎的白发在她手上变得服帖，剪刀快速游走，三上两下，形状就出来了，灵活麻利。走好！五分钟后，老大姐结束了手上的活儿。

"这辈子在哪里我都找得着事儿干。剪一个收一块钱，干着玩儿，不要太闷。"老大姐说。

乡下养老院的条件有限却还整洁。十平米的房间里，一床、一桌、一柜、两椅一台旧彩电，屋角立着崭新的摇头风扇。老大姐顺手扯来一把椅子招呼我坐下，又从桌上拿了一瓶矿泉水给我。

我没有跟老大姐说要给她作传，只说这阵子在写东西，特别想听听以前的事，特别是她经历过的事。

"妹儿，你晓得的，很多人看不上我的活法，大学肄业一辈子当农民，进城当盲流，做小生意做保姆，没个养老送终的儿女，末了住进养老院。在别人眼里，恐怕惨得很。但至少我按自个儿的想法活过了。要说遗憾，只有一件，那就是没能晚生二十年。"老大姐呵呵笑着。这些年，她身体没别的毛病，就是血压有点高，"我马上八十了，怕有一天突然没了，好多故事也没能讲出来。"

从成都市区开车到彭州乡下将近两小时。我爱吃糖，有点困乏就吃颗糖解解乏。我随身带的是一小瓶五颜六色又极富韧性的橡皮糖。见我从包里掏出糖来，老大姐露出稀罕的神色:"真好看,拿块儿给我尝尝看。"我跟她说:"你牙口不好,不要吃这个。一嚼,小心连带着你的牙也掉下来。"她却说:"不试试怎么知道嚼不嚼得动。"

我把小瓶子递给她,她摇摇瓶子,里头花瓣状、蝴蝶状、宝石状的糖果随之晃动翻滚,半晌,她拈了一只绿蝴蝶形状的,放进嘴里。她闭上眼睛,一边嚼一边品味,半晌,才吞咽下去,感叹道:"现在的零食就是好吃。"

灾荒年间,老大姐在彭州县城得了一大块麦芽糖,便马不停蹄往回赶,在老院子里招呼几个妹妹围上来时,才发觉那块糖早已不见踪影。留神察看裤兜,才发觉兜底穿了一个大洞,估计那块麦芽糖就是从兜底漏出去的。裤子是四川农学院的校服下装,上大学时只得这一身儿还算好看,洗洗穿穿两三年,许多处便不知不觉地朽了。老大姐为了这块来之不易的糖,为了几个妹妹黯然失望的表情,哭了一整夜。

那天,与老大姐摆谈,听老大姐讲她自己的经历,讲了两个多小时。

中途,有一两只迷失了的虫子嗡嗡地撞着纱窗,一副着急的模样。老大姐从容起身,云淡风轻地抽开纱窗,让小家伙自己飞出去。这些动作,于我是有印象的。

幼时住平房,屋面潮湿,墙壁床角常有核桃大小的蜘蛛穿行,毛手毛脚,行踪诡异。川西坝子流传,如果这家伙悄悄爬到人身上撒尿的话,会长出可怕的"蜘蛛胆",一种学名"带状疱疹"的毒疮。所以，母亲见了总是大声呼喊父亲前来消灭，我也养成见蜘蛛就惊叫并拍打的习惯。倒是老大姐带着老娘到成都的省人民医院看病，暂住我家时，看我张牙舞爪挥动一只球鞋追击沿着窗沿爬行的蜘蛛，便一把拦下我，讲：蜘蛛也是生灵，吃蚊虫，能带来福气的。然后迅速打开窗子，轻巧地用蝇拍把它赶了出去。

"它的尿有毒，人沾上会长蜘蛛胆。"我颇有些不甘心。

"没有这回事，感染疱疹病毒才会长疮子，要信科学。"老大姐煞有介事。

▎老大姐的讲述▎

老大姐1960年在位于雅安的四川农学院读大三时，突然主动退学，这是众人至今最不能理解的部分之一。毕竟，大学毕业分配了工作，就堂堂正正跳农门吃皇粮，成了"城里有工作的人"，有粮票有肉票有布票，不需要再辛辛苦苦刨地挣工分。况且，据说老大姐是解放后乡里第一个考上大学的，还是个女孩子。可惜只差一年，凤凰落架成了乌鸦。

"退学可惜？可我得先活命呀！"那天，老大姐嚼着橡皮糖，跟我反复叨叨这两句。

回顾往事，老大姐说得多的，还是她当时的生存问题。

老大姐喜欢闹热，她考进大学那年，全国上下，校内校外都格外闹热。城里常常搭台演出，锣鼓喧天。大大小小的炼钢炉在各地都架起来，也有报道说某个县一年收获粮食十二亿斤。但是，第二年的春天，全国普遍重旱，闹起饥荒来了。几个月过后，城里开始供不上粮。闹热依旧，但"灾荒年"的焦虑恐慌渐渐在人心里生根发芽。

老大姐读大三，"灾荒年"已然进入白热化，大学生每人每天只有三两玉米杂粮的定量，专家教授也一样吃不饱。老大姐的系里有位教主课的教授，三年自然灾害期间，每个月都想方设法省下口粮，分成两份，一份给正在长身体的小孩，一份寄给留在北方老家的母亲。老大姐说，教授拿着盛厚皮菜汤的大号搪瓷杯去上课，手扶教案，对着胃里泛酸水的大学生说："我饿了，让我喝两口再继续讲。"学生们无语，并对他投以理解的目光。

个子高大的老大姐整天吃不饱，营养不良，没了月经，浑身也肿了起来。那是灾荒年间发病率和死亡率都很高的"黄肿病"。课堂上，同学们的注意力，已经从火热的"大跃进"转移到"哪里还可以找到酸甜味的三叶草"。

"年轻时，吃什么东西很大程度能决定我的幸福感。"我惊诧于"幸福感"这个带着时髦的词，从一个年近八旬的农村老太婆嘴里说出，就像当年她扛着铺盖卷站在院子门口，乡邻感觉"大学生"三个字与依然梳着两根咋咋呼呼的麻花辫的村姑并不搭调。

老大姐告诉我,"灾荒年"之前,农学院学生食堂每周六晚餐都改善伙食,摆在一张张大圆桌上的,有夹带肉丝的"翘荤",有炸得金黄的酥肉。嚼着酥肉,与同学们聊着"以钢为纲"和"粮食高产",老大姐觉得一切美好前景就在眼前,她未来必将成为中国农业的一根顶梁柱,就像20世纪50年代学习农学的袁隆平。是的,许多人后来知道老大姐曾经是50年代学农业的大学生时,都会提到袁隆平,说如果她坚持读书,努力再努力,说不定也能成为农业科学家。

"但每个人经历不一样,感受不一样。在艰难的那年,我二十岁,只想做个活下去的普通人。"老大姐说。那一段,她每天多数时间都发低烧,浑身发软不适,闭上眼就梦见吃"肥大块",最后连迈开腿上一层楼的气力也没有了。

"如果回乡下,每家每户还有一小块自留地,我用我学的知识在自留地里种点东西,一定能吃得饱一点。"这样的念头一经生出,便在她心中一发不可收拾。直到收到四妹家英寄来的一小袋红薯干,她才下定了决心。四妹告诉她,虽然困难,但家乡彭州并没发生旱情。

家里人都说老大姐的倔性像她父亲。老爷子也把"生存"放在了第一位。本来,家里世代做的是首饰生意,赚到了钱,才在乡头建了那样大的院子。到了老爷子这一辈,却改做了低调的菜馆生意,馆子门脸很小,开在塔子坝,吃食的人多是各处跑来跑去的小贩，菜也是凉拌猪头肉、卤大肠、猪蹄之类下水。"乱世的生存之道是低调。"老爷子跟儿女一再强调。解放前，彭州地面上"棒老二"横行，官匪勾结，显赫商家终日不得清净。老爷子自打定主意，不管谁劝说都充耳不闻。就算家族里嫌他做的小生意拿不上台面，年终岁尾大事都不叫他，他也纹丝不动。同样的事情还包括，坚决让女儿们读书。老爷子闷声挣钱养家，开的小饭馆还给地下党打过掩护。

"我哪懂什么主义，也谈不上先进，就是觉得那个大姐待人特别好，对穷人仁义，她教过家华的。"老爷子在解放后给县委的人这么讲的。他掩护的是大儿子家华的小学老师。

老大姐终于退学回了乡。

扛着铺盖卷，在村子里见着的第一个人是公社书记。她跟这个老辈子打招呼，当年可是书记带着一帮男女老少敲锣打鼓把她送到县城赶车的。以前偶尔回家，书记也会带人来慰问，送点鸡蛋糕饼之类。如今，书记只从鼻孔里哼了一声，然后斜眼瞄了下她，意思呢再明显不过：读了三年大学原来也没沾半点书本气哇，还不是中途作废？女子就是女子，没出息。老大姐收起嘴角浮起的一弯笑，理了理辫梢的乱发，挺直身板朝家的方向走：既然敢下退学的决定，还怕后面的事应付不来？

老爷子知道闺女的想法。放下烟斗，伸手接下老大姐的包裹,啥也没多说,只是嘱咐二妹:"晚饭熬的粥放点小米。"老娘从那个时候开始,给老大姐张罗找人家的事,但一直没成。一小半是别家不喜欢,认为"在城里念过大学的女子,傲气不服管,今后恐怕也没心思做家务带孩子"。一大半是老大姐不愿意。这是后话。

老大姐在大学里学的是农作物的遗传与选种,所学在那个困难时期的老家果然派上用场。她在巴掌大的自留地里种了土豆和花生,又在院子的角落里养了兔子。说到养兔子这里,我打断了她:"那个年代不是强调割'资本主义尾巴'吗?怎么还养上兔子了?""规定养两只,我就养两只,一公一母。下的崽子只要不拿出去卖就行。到底一对兔子下多少崽子,那就是我的本事。"老大姐说。

川西坝子毕竟是"天府之国"。土豆和花生一年间就收了将近两百斤,兔子三个月后就下了十几只崽,更不用说关渠堰沿路满是棉花草、荠菜之类的野菜,和着杂粮蒸面饼,也不会饿着。兔肉算得"灾荒年"中难得的美味,有县城里的老辈子偶然到老大姐家吃了一顿红烧兔肉,消息传开,许多肚皮寡得清汤滴水的亲戚便"厚着脸皮",时不时去老大姐那里打打"牙祭",有的带点儿兔苗回去偷偷摸摸养。父亲记得,1961年,老大姐送给了我祖母一对优选出的兔苗。

老大姐送给祖母的那对兔苗后来繁殖了很多代,几年间父亲都吃兔肉,红烧、凉拌、爆炒,各种吃法,天天吃顿顿吃,到底留下了一个后遗症:如今,兔子跟红薯一样,父亲吃不了几口就直冒清口水。亲戚们虽然吃了很多高蛋白的兔肉,也感叹于老大姐为人的慷慨,却始终无法理解老大姐为了吃饱而退学的想法。

"灾荒年"过后,粮食渐渐不成问题,老大姐开始在自留地里种冬瓜、种南瓜。"长得特别好,在全乡都排第一。"老大姐讲的句句属实。据父亲说,老大姐用"秘法"种出的冬瓜硬是与别家不同,长成的瓜足有一米多长,又大又壮,瓜瓤饱满含着微妙的香气。这样的大冬瓜,老大姐也送过我家一个,祖母拿去做了整整十斤冬瓜糖。七岁的时候,在关渠堰旁,老大姐随手摘下剥给我吃的生豌豆,同样是她亲手种下的。那时她已经在成都谋生,只是偶尔回乡。

待到1982年,家庭联产承包制已施行好几年时,老大姐觉得家里那几亩沿河的零碎薄田远远不够她施展聪明才智和旺盛精力,就找到老支书——现任支书小鲁的叔公,询问能不能把别家老人寡妇种不了荒着的地转给她,她愿意年底一起分成。

"哎呀,你这个女子,莫非你要当地主了?!莫说没得这个政策,有咱们也不干,这样下去不是一夜回到解放前啦?!亏你还读过大学,学到牛勾子里去啦!"老支书很生气,把满脑子"旁门左道"的老大姐赶出了门,于是,才有了她更多奇特的人生际遇。

那天下午的访谈是被一个九十多岁的祖祖突然打断的。这位祖祖说头皮很痒,非要老大姐帮忙给推个光头;而且,还有半个小时养老院就要集中开饭了。我只好先告辞了。

夏天还未过完,虽然已是傍晚,但天色依然很亮。从养老院出来,沿着关渠堰伸出的经脉走,沿河靠岸种的都是豌豆,翠绿柔嫩的枝秆上豆荚早已熟透。

"哎,妹子!"正在地里搭架子的农家大嫂看我盯着豌豆,就鼓励我尝一个,说是下次赶场就要全部摘去卖了。我依言摘下一个,用纸擦了擦,剥开,扔了一粒豆子到嘴里,还没怎么嚼,就化成了一小汪甜液融进口腔。

这时,我突然惊觉,在下午两个多小时的讲述中,老大姐似乎刻意回避了一些话题。

关于"老姑娘"

从 2017 年 11 月开始,七十三岁的二表姑就非常烦恼。

先是二表姑从正厅领导岗位退下来的老伴突发脑溢血。二表姑的一对儿女,跟表姑父与前妻生的儿子,在医院走廊里一顿撕开颜面的大吵后共同决定:父亲要是拿不出遗嘱,那他身后的遗产包括三套房子和存款怎么分割,到时候法庭上见。

好在进了重症监护室、浑身插管的二表姑的老伴，居然又慢慢缓过来了。他半边身子虽然不好动弹，但头脑清醒。对一个八十五岁的人来说，到底创造了一个奇迹；况且这老爷子知道自己病中发生的那些破事儿，专门上公证处订立了遗嘱。对二表姑来说，后面的事儿少了很多。

岂知，一波未平一波又起。这厢刚安顿好老伴，那厢突然听说老大姐租出房子住养老院。她火急火燎，想给老大姐打电话去阻止她吧，却怎么也翻不到老大姐的电话号码——话说二表姑已经有几年不搭理这个一辈子都不醒事的大姐。向几个妹妹询问大姐电话吧，未免显得不大合适。原本，1997年，老爷子老娘一前一后过世，都专门嘱咐过二表姑要照看好老大姐："你大姐一个人，后半辈子麻烦呀！"二表姑是几个女儿中的尖儿，是县里乡上老辈子口中频频称道的"能干人"。想想也对，一个是十八岁就入党、从小到大一直上进的省厅正处级干部，一个是大学肄业当农民、大半辈子都"不务正业"的"老姑娘"，前者帮衬后者再正常不过。但老大姐像一只断了线的风筝，一板一眼的二表姑哪能够得着？遇着事，二表姑气得跳脚，点头摊手地给老大姐讲道理，恨不得搜肠刮肚把那些一击就中的干货都找出来摊开去。老大姐却一脸不温不火，对着面儿，不吭声地站着，双手十指交错，自然垂于腹部。待到二表姑气息渐渐平静，老大姐起身给二表姑续上茶水，端到跟前，才迸出一句："妹子，晓得了。"过后，老大姐依然会按自己的想法做，不会因为二表姑的说服教育有半点改变。

"阳奉阴违。"二表姑常常咬牙切齿。

话说二表姑正为找不着老大姐电话号码而上火，岂知老大姐竟然自己打过来了。跟以前一样，没有客套的问候，没有拐弯抹角，直接告诉二表姑自己租出房子，然后用租金去住养老院云云。二表姑还在脑子里搜寻可以有效劝阻的话语，老大姐抛出一句"合同签了，我已经搬出来了"。等二表姑回过神来，电话已经挂了。

二表姑觉得事关重大，这次不能由着老大姐来，一定要找人做她的工作。

在屋头，二表姑和三表姑秉性相近，都与老大姐有些隔阂。从省重点中学退休的三表姑呢，还端着点"事不关己高高挂起"的姿态；老大姐与四表姑很亲近，四表姑做小本生意是当年老大姐带出来的，连四表姑的女儿都听老大姐的话，考进职业技术学院学"家政"，毕业跑到浙江，做了三年月薪过万的"高级保姆"。但在"养老院"这件事情上，二表姑相信四表姑是和她站同一战线的，毕竟这关系到在乡人跟前的"颜面"——住养老院真不是件光彩的事啊，给人以抛弃大姐的感觉。可四表姑那段时间刚好去浙江帮女儿筹备婚礼。除她以外，我父亲算与老大姐从小玩到大的。

父亲接到二表姑这个相请，叹了口气，把这件事转托于我。而我在那天见老大姐时，也委婉转告了二表姑的想法。

"哎，我家这个老二呀，不就是怕我住养老院成了人家嘴里的孤老。我这个妹妹呀，一辈子就活给别人看。"老大姐苦笑着摇摇头。

在从养老院返回的路上，我发觉老大姐刻意回避的东西，内容很丰富。二表姑会在人前激动地评论老大姐，但老大姐却不愿多谈姐妹间的种种。

姐妹之间的故事很多，我是知道的。

老大姐从四川农学院退学回来二十岁。那时二表姑十六岁，已经是个很有心机的姑娘了。虽然喜欢吃自留地里老大姐栽的东西，觉得吃饱肚子是件很美好的事，但她还是"是非分明"，认定"为了吃饱肚子就不念大学是极端愚蠢的行为"。对于老大姐翻转全身也找不到那块麦芽糖，包括最后发现裤袋有个大洞的沮丧与难受，二表姑内心不以为然。当然，如果找到那块糖她一定会吃的，但她并不赞同老大姐收下吃过兔肉的县城亲戚的一点赠与，因为这样在别人眼里会显得轻贱。观念决定结果。两年后，这两姐妹便有了明显分界。十八岁入党的二表姑进步很快，后来作为优秀社员被公社推荐读大学，毕业跳出农门到省水利厅工作。老大姐在做了一件又一件遭乡人非议的事以后，成为某种意义上的"反面教材"。

老大姐从不会干涉二表姑的任何人生选择，只有一件事例外。据说,老大姐在看见表姑父的第一眼,便感觉这男人隐藏了什么东西。表姑父是省水利厅的"红人",比二表姑大十二岁,部队出身,年纪轻轻立了三等功,在水利厅受过多次表彰。二表姑参加工作时,他刚刚解决"县处级"。虽然二表姑一开始并没有看上"长相有些着急"且谈吐古板的表姑父,可旁人说起表姑父,眼里满是羡慕与佩服的火苗,这些小火苗不知不觉也窜到二表姑的眼里。有了燃烧的小火苗,其他的东西不再热烈,包括其他小伙写来的满含真心与文采的情书。

美中不足的是,表姑父以前结过婚,后来妻子得病死了。表姑父安慰不开心的二表姑,所幸,死去的前妻跟他并没有孩子,所以二表姑不会成为二十三岁的年轻后妈。

"我看不一定。你最好到他老家去看看。"老大姐的提醒显得很不识时务。

那天,二表姑把表姑父带回乡下见父母,表姑父的每句话都天衣无缝,两位老人微皱着的眉头慢慢舒展开,后来任由喜气在上头开了朵花。送走表姑父,二表姑长长地舒了口气。岂知,正拿着肥料要去侍弄地里的大冬瓜的老大姐突然回过身,补了这句话。一场激烈争吵在所难免,父母坚决地站在二表姑这边。

现在,大家公认的一个事实是,在二表姑正式嫁给表姑父的第二天——"正式嫁给"不是单指拿结婚证,而是办了酒席然后晚上行周公礼的那种，一个小男孩在午饭时间即将到来之际，被表姑父年迈的父母从老家送进家门。这是事先约好的。男孩是表姑父和逝去的妻子生的，已经十岁了，在表姑父和二表姑谈恋爱的时候，暂时住在爷爷奶奶家。表姑父鼓足勇气介绍自己的亲生儿子，孩子直愣愣盯着年轻得近乎雪白的父亲的新娘，在爷爷奶奶催促下低声叫妈。二表姑震惊、尴尬再加上愤怒，却最终忸怩着应了孩子一声"哎"，于是婚姻生活正式拉开帷幕。

我很吃惊。一直是"老姑娘"的老大姐怎么会有如此厉害的直觉与洞察力，一眼看穿表姑父背后藏着的东西？莫非她有过刻骨铭心的经历，关于男人，关于感情？老大姐刻意回避的，一定还包括她的情感，所以，在我不小心触动二表姑婚姻生活的话题时，老大姐匆匆应答，急急略过，就像一个人知道面前将要打开的门后面有什么，这才在它尚未开启之前赶紧溜掉。

亲戚之间，悄悄流传着两个版本的故事。

一说，老大姐在大学时处的一个对象，是一个老革命的儿子。老革命不幸在1960年被查出20世纪30年代的重大问题，随后便被关押劳改。全家人都受到牵连，唯一的儿子自然也是跑不掉的，刚满二十岁的男孩被勒令退学然后下放到边疆。男孩从小为了自己的出身骄傲，热爱自己周遭的一切，没有受过这样的委屈挫折，没有见识过人情冷暖，没有经历过人生的起起落落。小小的男孩在下放的路上自杀。老大姐当时已经怀有身孕，本来一直隐瞒着，突然遭遇强烈刺激，极度伤心之下流产，被校方察觉，才以患了"黄肿病"为由退学。老爷子在世时，曾经狠狠撕那些嚼舌根的亲戚的嘴："好好一个清白大姑娘让你们造谣，罪孽！有报应的！"但回县城工作的老大姐的大学同学，则有鼻子有眼地讲他看见的事实：春天，洒落迎春花瓣的校园里，男孩和老大姐旁若无人地手牵手，十指相扣，互相对视；读到报纸上的好消息，男孩会一把抱起老大姐，快活地转上一圈，毫不顾忌旁人的感受。这样的一对情侣，什么事做不出啊？

一说，老大姐喜欢上了一个各方面条件都很好的男孩子，倒追倒贴三年，终究不成，反而成了学校里众所周知的笑柄，又遇上"灾荒年"，才有退学这档子事儿。

虽不知哪一个版本为真，或者这两个版本都距离真相很远，但都足以印证老大姐说的"女人要为自己活一回"的话。是呀，从二十岁退学回乡开始，老娘给老大姐不停地介绍对象，乡村教师、村支书的侄子、村民、城里个体户、工人、干部，形形色色，有厉害的，也有帅的，但老大姐硬是一个没看上。在开头十分戏剧化的婚姻里浸泡了数十年的二表姑也做媒，想让年过半百的老大姐嫁给化肥厂一个六十五岁的退休干部："都这个年纪了，还犟啥呢？不过搭伙过日子罢了。你看，他想找个帮他洗衣做饭的能干女人；你呢，找个老来伴，这不挺好吗？"二表姑说的是大实话。

"女人要为自己活。我凭什么到他家当免费保姆？我这个货真价实的保姆正干得有滋有味呢！"老大姐搭白。

冰棍哟卖冰棍！

与二表姑、三表姑不同，跟老大姐走得近些的四表姑，坚决支持老大姐进养老院。

"花无百日艳，人无百日好。现在人看起来精神，保不齐过几年动不了，劳烦别人最后成了累赘。大姐要强，死都不想落得那样下场。房子的租金刚好交养老院的钱，把后面几年的事都安排好，干净又撇脱。"四表姑一边说，一边忙手上的活儿。一到下午五点半，老县城下班的人能在她这个腌卤摊前排长队，队伍弯弯曲曲，直抵三十米开外的一棵黄桷树。四表姑跟丈夫一起做烫油鹅，这手绝活是她夫家祖传的，但之前夫家并不做生意。夫妻俩靠着这个小生意，供一对儿女上大学，前几年又在成都给孩子们一人置办了一套小户型。四表姑前天才从浙江回来，一露脸，街坊们都朝她招呼："快把你那个铺子开起，我家娃儿硬是想你卤的鹅翅膀！"昨天她去了养老院，给老大姐带去了一只刚出锅的鹅。

我跟四表姑谈起对老大姐的好奇，也提出了我的疑问。

"每个人呀，这辈子都有些事是不好说的。"四表姑说，"各人有各人的活法，大姐有眼光又有个性。我做生意还是她带出来的。"

1982年，本来意气勃发想盘来更多土地种甜豌豆和甘蔗的老大姐，被固执的老支书赶了出来。在今天，"土地流转"已经是国家鼓励的政策，那时，这样"超前"的想法却颇有冒世间"大不韪"的意味。

既然在乡间没了奔头，那就去成都看看吧。1983年初夏，四十二岁的老大姐开始在成都实验小学门口卖冰棍。

我还记得，20世纪80年代的冰棍冻得很硬，白色、黄色、淡紫色、粉红色的都有，带着丝丝蔗糖的甜香，也有夹杂着绿豆颗粒的豆沙冰棍和奶油雪糕。1983年，放学的孩子手里已经拿着外头裹一层褐色巧克力的夹心雪糕。冰棍五分钱一支，雪糕一毛钱，那种裹着巧克力外壳的要一毛五分钱。所有的冰棍雪糕都被小贩层层码好，搁在一个绿色的木箱里，外头包一层棉被。若从里头取一支出来，暑热天里都能清晰看见冰棍散发出的丝丝缕缕的凉气。

"冰棍哟卖冰棍！冰棍雪糕，奶油雪糕夹心雪糕！"老大姐站在校门口的一棵法国梧桐下吆喝，一脸笑容，生意极好。偶有孩子一不小心将刚买到的冰棍失手掉地上，正待弯腰去捡，老大姐会立即制止，然后从绿色木箱里掏出一支一模一样的送给孩子："来，拿着，娘娘送你的。"

"那不值什么，孩子高兴就好。"接孩子的年轻妈妈觉得不好意思，老大姐会这样说。

每每这时，斜对面国营商店的售货员都会做作地撇撇嘴。那女人三十出头的年纪，头上烫着小卷，老大姐觉得很好看，几年后也选择了这样的发型。几分钟前，这个售货员才对几个小屁孩作了说明，本店只供应白色冰棍和杯装冰淇淋，白色冰棍五分钱，杯装冰淇淋一毛五，只得两个选择。这样的说明，在下午放学时间段需要重复很多次，常常令那些纷至沓来的小孩失望。待那几个小屁孩以同样的方式被打发掉，朝着老大姐那头跑去时，售货员松了口气，终于没人在那儿磨磨蹭蹭找麻烦了，转过身，和过来买电池的一个熟识女人兴高采烈聊起刚刚上市的黑白电视机。最近，她们听说香港已经有彩电了，沿海偶尔买得到，内地要买的话，需要铁硬的关系。只是遗憾啊，国营商店每个月不管卖多卖少，都只能拿二十多元的工资，买台黑白电视机都需要攒好几年的钱。

最近，我到实验小学门口去过，只为了探寻中年时期老大姐的生活轨迹。老大姐昔日摆摊的那棵法国梧桐树还在，枝繁叶茂，树干足有一人抱粗，树荫下蹲着一个正在卖卡通贴纸和各式气球的老太太，四个六七岁的小女孩围着摊子挑挑拣拣，一旁立着她们愁眉苦脸的爷爷奶奶。而斜对面已是一排商铺，包括文具店、小吃店、冷饮店和串串香，店主坐在门口,急切期盼的神情分外明显。每个店都放着音乐招揽客人,不同的音乐混合在一起颇有些嘈杂。行人经过,只要在商铺跟前放慢脚步,马上就会听见热情的招呼:"双皮奶,姜撞奶,香蕉奶茶第二杯半价!""开业优惠啦,串串香七折,这是优惠券,请拿好,凭券享受优惠……"

在成都实验小学门口卖冰棍那段时间,老大姐和一个年龄相仿的离婚女人住在一起。那女人老家在广汉乡下,出来也有两年了,收废品、拾荒,做得很卖力。她还有一个女儿在农村,她要挣钱供女儿读书:"女人家,不能想着依靠谁,一定要自己有出息,自己能挣钱。儿子如何、女儿又如何,我一定要把女儿供到大学。"老大姐很赞同女人的话。

在那个粮票还未作废的年代,两个农村出来的女人不可能租到一间像模像样的公房,于是她们便租住在一家个体户在平房一侧搭的简易房子、四川方言叫"偏偏"里,每月三元钱的房租。除了做事挣钱外,自己买菜做饭。老大姐每天上午九点骑着借来的三轮车到成都东郊的厂子里去进冰棍雪糕,中午先到公园门口去卖上一阵子,回到"偏偏"吃过简单的午饭,再沿路叫卖,最后把摊点固定在实验小学门口。如果天气炎热时人们亟需冰品解暑,那么老大姐还会在下午冰棍售完而冰棍厂还没有下班之前,再快速骑车去东郊进一批货,留到晚上在电影院门口叫卖。

数十年前有个名词叫"盲流"。20世纪70年代指没有介绍信就到城里待着的不务正业的农民，80年代则指农业剩余劳动力或其他摆脱当时户籍管理自发迁徙到城市谋生的人们。老大姐和她的女伴显然属于"盲流"。1984年春天，老大姐被当成"盲流"收容数天后，遣送回乡下。一路男女老少夹道观望，少不了的是白眼、鄙夷和闲话，不知是谁在人群里说了句"老姑娘家家的还不晓得安分守己，这辈子完了"。老大姐闻言挺胸抬头，虽说在人挤人、人挨人的地方待了几天，满脸污垢，头发里满是砂砾，又掉了一只鞋，可那故意做出的姿态，反而使她像个上沙场的女斗士。

那年的炎夏还未来临，老大姐已经回到成都，这次跟着她一起到成都的，还有比她小二十岁的四表姑。四表姑自告奋勇想跟着老大姐学做小生意。夜幕降临的和平电影院门口，一个摆摊卖雪糕、"炮火筒"、爆米花，一个在一旁不歇气地为大姐打蒲扇。在这里，大姐教小妹练胆，学会了大声吆喝；教小妹观察行人的神色姿态，以试图卖出更多的东西。姐妹俩在成都的三年，春天摆摊卖鲜花卖零碎，夏天卖冰棍，秋天卖水果，冬天卖"麻辣烫"。

三年后，四表姑回到彭州，拼命动员自己的丈夫，让他把逢年过节才在家宴露一手的祖传绝活拿出来，于老县城的塔子坝摆了夫妻档的小店。在人来人往的档口做价廉物美的腌卤，颇有老爷子当年的风范。

老大姐用几年间做小生意一角一分攒到的钱，从沿海进罕有的编织机到成都卖。我从隐秘的渠道知道，老大姐曾经动员在国营厂工作的父亲"入伙"。

这两年，七十岁的父亲一直悄悄地写回忆录。他不太会用电脑打字，就在A4纸上拿铁尺比着，用铅笔画出一行行横格，然后用签字笔规整地写。时间久远，往事纠结，难于梳理，文思屡有不顺，便常有作废的纸团卧在书房的字纸篓里。一天，我倒字纸篓时看见一块没有团好的废纸，可以清楚得见上面露着几行字，统统用红笔画了波浪线，很打眼。我好奇地捞起，展开，原来标红的竟是这样一大段话：

> 1987年6月份，大姐来找我，要我和她一起凑钱去广东买两台编织机。我们从小玩到大，知道她敢想敢做。我从四姐那里知道，去年冬天，大姐掏出这些年的全部积蓄，从沿海倒了一台编织机拖到四川卖给私人，赚了将近一千元，甚至给待嫁的五妹也备齐了嫁妆，让她体面出嫁——毕竟，五妹婆家在县城，对象是县广播站的播音员，体面人。我清楚地知道，从1978年到现在整整十年，搁什么在市场上都俏，卖得起价，而且大姐肯定有她的门路。我和万青决定把折子上的钱都取出来，趁着学校放暑假，就和大姐出门一趟。结果妈晓得了，坚决反对，哭起来只有一句话："做生意最后肯定要亏，面上浮的糖吃了就是黄连。"怕不奏效，妈还把

在省里水利厅工作的二姐喊来帮到一起劝，二姐的话更在理："你晓得的，你们厂头你们学校都不可能允许职工在外头弄外快；更不消说，这种行为放在前几年属于投机倒把，单位上若是知道你弄这些事，开除、收回房子，哪一个你吃得消？再说我那个大姐从读大学开始，做的事哪个靠谱？她上回拿的钱我一分没要，那些迟早得拉清单。"我耳朵根子软，架不住，和大姐合伙买编织机的事就黄了。现在想想，那是我唯一一次改变命运的机会。再后面，从厂子弟校提前退休出来，就只好一路给别人打工了。我羡慕大姐的胆色。

纸团上的话确是父亲的真心。我偷偷收藏了这个纸团。

到1988年底，老大姐已经卖出第五台编织机，赚到了一大笔钱。对于改革开放后第一批致富的人来说，这就是他们的"第一桶金"，之后，他们中的绝大部分人继续创业，最终成为富商巨贾。可是，老大姐没有继续，因为，她无意中看见一幅摄影作品，挂在春熙路的青年旅行社门口，上面是险奇的黄山和挺拔俊秀的迎客松。

"我要出去看看，我走的地方还是太少了。"老大姐专门到塔子坝的腌卤铺找到四表姑，讲了自己要到全国走一圈的想法。

"可以呀，可惜我有小孩跟铺子脱不开身，不然我也想出去看看。"四表姑赞同老大姐的想法。同时，帮老大姐瞒住家里的一对老人。

接下来的七年间，老大姐真的走遍了全国所有省份，除了当时还没有回归的香港、澳门以及台湾。她用高价买来的柯达相机，拍下了上百卷胶片，当然，也用光了第一桶金。那些照片，现在都静静躺在近十本旧相册里，它们记录了中年老大姐最美的记忆，虽然许多照片构图缺乏美感，镜头也显得模糊。它们随着老大姐到了养老院。话说，这种老相册现在市面上已经看不到了。散发着年代感的照片整整齐齐地排列在已经发脆的覆膜胶纸下面，要取出或放进一张，还得掀开整层胶纸。

七年后，等老大姐游历一圈再回到乡里，家家户户都开始种蔬菜了。但她在远足中也特意经过很多乡村，在南方，她看过大片大片的食用菌大棚，觉得"他们有的东西咱们也可以有"，并且可以"人有我新"。20世纪90年代，南下打工热潮席卷了彭州乡下，青壮年走了，许多土地空着，什么也没种。老大姐看了看自家已经长满野草的一亩三分地，再瞅瞅旁边也荒着的一大块地，去找了新任的支书。

"邻家荒了的地能租给我吗？荒着可惜。"时隔十余年，老大姐再次提出同样的请求。

"大姐，你的想法挺好，可国家没这政策呀！"新任支书有些遗憾地拒绝。

"我要晚生二十年,有气力有精神,保准流转一大片地,注册个农业公司也行呵,种些经济作物、贵重药材。"2017年底,签订流转土地以及租房合同那天,老大姐跟唤她"大娘娘"的小鲁支书说过。

▎"保姆"时代▎

老爷子、老娘在1997年先后去世的时候,老大姐已经在成都做了好几年保姆。看遍世间风景,生活还得继续。

她做保姆这件事,当年也遭亲戚们反对,二表姑更是反对者中的头一个,但没有人能拦得住老大姐。为什么性子痛快潇洒的老大姐会选择做任人驱使的保姆,仿佛从北极滑到南极?至今,没有人知道,包括离她最近的四表姑。但平心而论,老大姐做家事颇有天分,比如,她为人称道的厨艺。

据说,每次老大姐离家,都要炒上一大罐泡萝卜肉末留给老父母。泡萝卜肉末特别下饭,两个老的节省,晚饭总是一碗白粥加一碟小菜。老爷子生命的最后时光,唯一能吃下去的食物就是大姐炒的泡萝卜肉末配莴笋叶稀饭。萝卜是那种红红的脆萝卜,洗净晾干,切成厚条,放进老坛子里泡三天就捞出来;肉末一定要宰得细细的,加点姜末花椒粒炒得金黄。

带孩子老大姐也有一手。四表姑和不到三十岁就去世的五表姑是她带大的。老大姐当年退学回乡时，四表姑还不到一岁。大姐带小弟妹，是当时乡村多子女家庭的常态。

20世纪90年代中期，"时间就是金钱"的观点已经深入人心；也是从90年代中期开始，保姆越来越被人需要。当年，在全国游历一大圈又重返成都的老大姐，发现摆摊的小生意已经不足以糊口，而成都九眼桥新建成的劳务市场里，一盏茶的功夫，就有五六个人找一个五十岁上下的中年女人谈。那女人是个颇有经验的保姆，最终谈拢的月工资，相当于一个重点中学教师一月的收入，并且管吃管住。

"我肯定不比她差。"老大姐认定，并从此开始了她十余年的保姆生涯，这也是她在城里的最后一段"职业生涯"。

四表姑的女儿亚梅在浙江杭州是月薪过万的"家政服务员"，婚后自己创业，开了一个家政公司。这次，随着母亲回到故乡，准备到成都考察业务。在我为搜集老大姐故事奔走的那段时间里，我见到了亚梅，一个二十六岁、一身时尚、浑身透着干练劲儿的女孩子，早已不是印象中那个流着鼻涕、害羞地牵着四表姑衣角的小毛丫头了。

"我在学校里念家政专业的时候，跟大姨娘讨论过家政员和业主之间应该以什么样的关系相处。我拼命强调平等；大姨娘则告诉我，保姆在一个家庭中充当什么角色，要看雇主一家的态度。她告诉我，保姆和雇主终究是工作关系，就像当年她卖冰棍别人买冰棍,一码归一码,所以'人家客气你可不能真的不客气'。"亚梅说。

老大姐爱读书,肯吸收新东西,手脚麻利又仔细,几年间口碑传开,人们争相出高价雇用她做"住家保姆"。

"大姨娘选择雇主,最看重是否与她口味相合。"亚梅讲。我听老大姐说过,这世上大多时候,口味合,人就和。

老大姐2003年服务的一家人,与她口味很像,喜欢鲜香味浓,但也不过度嗜辣。晚餐三个人围坐一桌吃饭,像一家人一样。女主人下了班会告诉老大姐当天遇到的趣事,有时买了新衣服也会试穿给她看。但"人家客气你可不能真的不客气",雇主让老大姐炖燕窝汤,老大姐只煮雇主夫妻的分量,雇主硬分了半碗给她,她才接受;雇主买一袋当时上百元一斤的车厘子放在家里,叫老大姐随便吃。老大姐知道车厘子很贵,雇主不打开,她不会自己打开吃。

自然,老大姐也曾碰到口味不合的雇主。有个很喜欢吃香辣煎炸食物的雇主,炒菜要老大姐加很多辣椒,老大姐天天在厨房呛得不行。做了半年,老大姐患上咽喉炎,就辞职了。"我一直是很惜命的。"老大姐说。

老大姐带小孩还看缘分。有些几个月大的小孩,第一次见到老大姐就主动拉她的手。孩子们长大后还常给老大姐打电话,甚至到乡下看她。

当年,老大姐四处搜罗杂志零碎地学习家政知识,后来，亚梅在高职课堂上系统学习"家政知识"。家政专业有四门重要课程：婴儿护理、产妇护理、老人护理和家庭保洁。课堂上，要捧着课本认真听讲，还要跟着老师用人偶模拟操作——婴儿洗澡水温要39度；清洁卫生从房间角落开始；电器要离墙三十公分散热；帮剖腹产产妇换卫生巾、替卧床老人擦身体等都是有技巧的。最重要的，要有一颗"自己瞧得起自己"的心。

老大姐鼓励亚梅读家政专业的时候，四表姑和亚梅心里多少有些忐忑。待到亚梅大学毕业的时候，家政服务行业已经如日中天。在江浙一带，优秀家政员更是"千金难求"，虽然，乡人和亲戚们都不了解这些。

在养老院那天，老大姐告诉我，当年她服务过的一家女主人还转发了"杭州保姆纵火案"给她，同时发了这样一段话："如果现在叫我去中介那儿请保姆，我都不放心。我的姑娘当年那么淘气，幸亏遇上了你。"

对于延续至今的信任，老大姐高兴的样子令我难忘："做每件事，要做就做到极致。"

后记

在哪里我都快活

上个月,我拿着一份手稿去养老院找老大姐。彼时,乡里的养老院已经向成都市一家社会工作服务中心引入了服务,包括心理咨询和老年人社会融合。老大姐是这件事的主导者。中心派出的"90后"社工小刘,曾在幼时被老大姐照顾了三年。我去的时候,适逢周二下午,"老年学堂"正在闹热进行,养老院里歌声回荡。

小刘娴熟地指挥老人们练合唱,老大姐在一旁拿着纸笔匆忙地改着传统老歌的歌词。

"好了吗?"音乐暂停,小钟扭过头,问老大姐。

"妹子呀,你再等一分钟,我把这个歌词再加上一句,对,加上'川西坝子风光好'。这样啊,等会儿你耐心点,一个字一个字地教,不识字的也跟着唱得来。"老大姐俨然已经是"老人学堂"里的中坚骨干。

在带着我往外走的时候,老大姐还频频回头嘱咐:"小刘,下次给咱学堂弄点书,特别是保健类的,老年人很需要,到时我读给大家听……你看,我现在每天都按这本册子里讲的来养生,每天至少要走九千步哩……"

其实,刚开办"老人学堂"的时候,老大姐碰到过许多让人哭笑不得的事。第一次开展活动,有位大妈抖抖索索地问她"参加活动是不是可以领点补贴",一旁就有老人大声帮腔:"是嘛,参加活动误了各人手头的活路,该有点赔偿。"不过,当老大姐把活动做得熨帖人心、老人感觉"精神有了寄托","老人学堂"真正红火起来。偶尔有新来的老人再问起"有没有钱哟",会被其他老人怼回去:"有哦,多得很,想要钱,各人到地里刨!"

"大表姑,在哪里你都快活呀!"我感叹。

"在哪里我都快活,我在哪里把快活带到哪里。"老大姐扬起眉。

(原发于《山西文学》2019 年第 5 期)

师范生

师范生，指大中专院校师范类专业学生和毕业生，所修专业属于教育方向，将来的就业目标比较明确，即到各级各类学校或教育机构从事教学及管理工作，是未来教师的预备队。

『光荣的中师生』

听妹妹说有"作家"要来拜访她,杨大萍早一天便做起了准备。

她从旧了的柜子抽屉里,翻找出1991年考取川西某中等师范学校的录取通知书、毕业证、毕业合影以及那个颁发于1995年、壳面微微破损的教师资格证。这是国家第一批发放的教师资格证。自打1998年结婚时置下这个柜子,杨大萍便把这些重要物件统一放进一个大信封里,又拿一个铁皮糖果盒装好,再搁进柜子里。她是一个"75后",这番收藏东西的手法倒颇像上了年纪的人。妹妹杨小萍喜欢笑话她,她却说:"你是半道就跑了,我们这些一直当老师的就是做事严谨,这是职业习惯。"二十多年来,杨大萍搬了三次家,但这个一人多高的浅黄色小衣柜一直跟着她。眼见如今屋里的家具都是深色,杨大萍卧室靠墙的那一方浅黄色便显得不大协调了。丈夫、女儿都说干脆把这个旧柜子卖掉,另外置个新的,但这样的提议遭到杨大萍的拒绝。她很念旧。

第二天受访,她把那一大堆资料证书摊在我面前,自豪地说:"那个时候能考上中师的,就和今天考上985、211一样,很不容易。"我点点头,表示相信。在拜访杨大萍之前,我已经从各种渠道知晓多年前"中师生"的"光辉岁月"。

何况，只比她小四岁的我也还保留着一些儿时记忆：当年老厂筒子楼里的小孩考上了位于省城郊区的中等师范学校，一层楼的人好几天都分享着邻居家考学成功的喜悦——大家都得到了他们馈赠的水果糖和瓜子。这样的阵仗，堪比谁家出了一个响当当的大学生。

中师，算得中国近现代教育史上浓墨重彩的一笔，若要追溯起来，20世纪初就有了。据说，师范院校本是中国所特有，早期由私塾改制而来。毛泽东、蔡和森、任弼时、黄兴等都算与"中师"结下过渊源，他们都曾在湖南第一师范（现已升为本科院校）学习或工作。长沙师范学校培养出田汉、许光达，宁乡师范学校走出了谢觉哉、徐特立、刘少奇等知名校友。若要论起来，湖南绝对是当年的"中师重镇"。

新中国成立后，曾建立初级师范、中等师范、师范专科和师范学院四级师范体系，20世纪50年代中期取消了初级师范，形成了三级师范体系。1980年，教育部发出《关于办好中等师范教育的意见》，中等师范教育获得前所未有的发展，几乎全国各省份的每个地区都有一所中师学校。从1983年到1999年，为了缓解农村小学师资不足的问题，特别是普及九年制义务教育后对小学教师的需求，我国开始专门从初中毕业生中进行中等师范招生，学生毕业后统一分配到城乡小学任教。1988年全国中师学校的数量便达到了1065所。16年间，全国近400万学习成绩优异的初中毕业生成为中等师范学校学生，他们的入学年龄普遍在 14～15 岁，经过 3～4 年的专业学习，17～18 岁毕业就被分配到各个小学任教，只有极少部分会进入高一级学校继续深造。他们被社会上称作"中师生"，虽然流向不一，但大部分流入中国乡村的中小学，成为中国基础教育的坚固基石。

杨大萍的家族里，中师生很多。据说祖父解放前从省城的师范学校毕业后又留校，教书先生的十年薪水积攒起来，竟也给乡下的家人置了几亩薄田，修了一座院子。可惜杨大萍两岁时祖父就已经去世，那座大院子有好几户人居住，早已看不出原先的样子。杨大萍没有老院子的照片，跟我说话时，便朝我比画着那院子的大小："嗨，放在今天，院坝中间足够修一个大游泳池……"杨大萍的表哥是 1984 年入学的中师生，毕业后在镇里的中心校教小学数学。表哥属于"国家干部"领着工资，但表嫂在村子务农，他们的家也安在村里。周末或节假日回到乡下，表哥和其他普通村民一样，挽起裤脚忙活在水稻田或者菜地里。插秧时节，村人行过稻田边，看那忙碌的一众庄稼汉低头干活，瞧不见面目，按说很难分辨谁是谁，但人家还是很快认出了表哥——他穿着一件显眼的红色汗衫，留心点，还能看到背后印有几个黄色文字。汗衫是表哥在县里的授课比赛获得的奖品之一，背后那几个字是"争当人民好教师"。

"哎，徐老师！"村人立时热情招呼，"辛苦呀，下午您要回学校的话,我叫屋头老二来田里帮忙!"表哥连连摆手。虽说拒绝,村人的热情却在他那晒得黝黑的脸膛上催开了一朵向阳花。

嗨,在老百姓那里,教书先生就是受尊敬。别看也一样弓着腰干农活,可你在人家眼里,周身上下就是有一道光环。

杨大萍还记得,那时有外村的学生家长找表哥,在村口一报出表哥名字,就有人大声应道:"哦,您要找的是中心校的徐老师吧,他家就住在前面那片竹林旁边。一直走,末了右拐。"表嫂生孩子,十里八乡都有往家送鸡蛋的。

当老师好,老师受人尊敬。这是杨大萍自表哥那里得到的直观印象。这种尊敬与名利关系不大,是发自人们质朴的内心认知。至于祖父教书置产的说法,杨大萍并未从同为"教书先生"的表哥那里得到印证。听说,表哥带着老婆孩子进到城里会缩手缩脚,比如,中午看到饭馆里五元一份的红烧蹄髈就咋舌,然后不顾孩子哭闹,一家三口到旁边的小店吃面条、米线。在物质生活上,表哥比一般村人强的是有一份国家发给的工资,算个"国家干部"。是的,虽不宽裕,但起码不会看天吃饭,属于"旱涝保收"的职业。

和表哥一样,杨大萍收到中等师范学校录取通知书的时候,全村人都向她表达了最热烈的祝贺:村支书带着一众人敲锣打鼓到她家送喜报,晚上又托人请来县里放映队在坝子里放了一场电影,"好像是一部国产武侠片,叫做《游侠黑蝴蝶》。"

在我的认知里，农村里这样的热闹劲儿，一般出现在村里出现一个大学生以后。"不不不，"杨大萍朝我连连摆手，"你不知道，我们那会儿考大学非常非常不容易，纯粹就是凤毛麟角，一个县顶多能出一两个大学生。村子里考出一个中师生，就已经是全村人的骄傲，大家都要庆贺。"

在杨大萍的回忆叙事中，那群满脸稚气却早早了解生活艰难的初中生，一方面为了积极响应国家的号召，另一方面也想早日得到一份稳定的工作，减轻家里的经济负担。成为一名中师生，荣耀的一个重要方面，是考上中师就代表自己吃上了"公家饭"。表哥如此，杨大萍也是如此。在农村，杨大萍的家庭很艰难。她十三岁时父亲因病去世，母亲靠种地拉扯着她和妹妹。家里没有男丁撑腰，她们在乡里活得小心翼翼，也幸亏与表哥一家走得近，才未遭受很多欺负。杨大萍告诉我，在那个升学率极低的年代，考上中等师范学校的学生个个都非常优秀——一旦考上中等师范学校，便可以上城市户口，毕业分配工作，纳入干部编制。对农村孩子来说，短短三年时间，一口气完成"面朝黄土背朝天"到"吃公家饭"的转变，这种"鲤鱼跳龙门"的机会，比之"难于上青天"的考大学，显然更加现实且实惠；所以，杨大萍从来没有想过考大学。从母亲排除万难让她读完小学又继续念初中开始，她一门心思就是努力考取中师。

1991年的春天，十五岁的杨大萍为"预考"做着准备——2019年的春天，当她在重点中学念高三的女儿为一次次诊断考试痛苦抱怨的时候，她告诉女儿，自己虽然未曾上过大学，但她也经历过如此这般备考的煎熬。从20世纪80年代中期开始，无论是地、市还是不知名的小县城，各个学校初三的年级前二十名几乎都报考了中等专科学校，而其中的中等师范学校因为其教书育人的特殊属性，还有着更严格的要求。资料表明，20世纪80年代末90年代初，在四川，一个大一点的县城如果有上万名考生，那么能被录取读中师的大约就是"前五十名"。确如杨大萍所言，三十多年前，要考上中等师范学校，其难度不亚于考取今天现在的985、211大学。杨大萍所经历的预考，是当年考取中师所要经历的一个必要关口，在预考中名列前茅的才有资格继续向中师"冲击"。如果不能通过预考，要继续求学，只剩下读普通高中的路；而发源于20世纪80年代中期的"职高"或"技校"在90年代中期才开始发展。这样的情形，跟如今初中毕业"五五分流"大趋势之下，考取"普高"如打硬仗一般的情势截然相反。

"当年,中专文凭完全可以处于所有学历鄙视链的顶端。"杨大萍说。

预考通过，杨大萍和几个同学到县城参加考试。那是她第一次到县城，过去她最多也就能在赶场天跟着母亲到镇上去卖点农副产品。县城什么样，只在表哥和几个发达的亲戚那里听说过。虽然，和绝大多数川西小城一样，县城只有一条主街和由此生发出的几条巷子。楼房陆续建设中，街面上最常见的还是穿斗结构的老房，潮气笼罩着这条步行约莫半小时就能贯穿全城的老街。县里鼎鼎大名的实验小学紧邻着县委县政府，在大街旁很显眼。颇有气势的大门，从外可以窥见内里的宽阔敞亮。考场设在远一点的县中学。赴考的过程中，杨大萍看到了这所人们口中的"重点小学"。"我要是考上中师，将来分到这里教书该多好！"杨大萍憧憬着。等到考试结束，她心里的一块大石头落了地，再次路过时她驻足停留了两分钟。1991年9月，她正式成为一名中师生。

杨大萍和她的同学们——这些品学兼优的初中生，考入师范后，为了适应小学教育，被要求全面发展，体育、舞蹈、音乐、绘画、三笔字（钢笔、粉笔、毛笔）、普通话、教育学、儿童心理学等都有所涉及，多才多艺也成为中师生的一大特点。毕业后的中师生，接受了国家的分配，无论留在县城还是回到乡村，都很快适应了自己的岗位。杨大萍先是被分配到一个偏远的乡里教小学，因为屡次在赛课中夺冠，二十一岁便如愿调到县里的实验小学做班主任，几年后又被引进到地级市的重点小学。虽然，后来杨大萍也通过自学考试拿到了本科文凭，可她对自己的核心身份定位一直还是"中师生"。

过去的数年间，杨大萍曾经无数次在各种场合作为教师的先进典型发言。但她觉得，反复修改后的发言稿并没能真正阐释她的内心，那份敬业与责任心，来自一个农村女子好不容易捧到铁饭碗之后发自内心的珍惜以及对与她一般曾在艰难生活中挣扎的学生将心比心。上班后的第一个月，杨大萍拿着两百多元钱的工资，干了三件事：带着腿痛数年的母亲到地级市的中心医院看病治疗；给妹妹买了一条她几年间一直心心念念的牛仔裙；替两个顿顿都吃咸菜馒头的学生买了一些食堂饭票——至少让他们能吃上几顿荤菜。直到二十五岁结婚，杨大萍几乎没有存款。

"这个跟我一个学校教书，教美术；那个在县里教书；这个在市教委当领导；那个呀，在文联工作呢。你看，她人那么高挑漂亮，性格好，中师学的是美术，舞也跳得好……这个男生是我们班长，毕业时被分配到城关镇教小学。城关镇紧挨县城，算条件很好的。他在那里工作了六年，年纪轻轻便当了副校长，他2001年辞职下海了。旁边那个男生跟他一起出去的……"杨大萍拿着略微有些发黄的中师毕业合影向我介绍她的同学们。

——到大城市当领导的，咱们自然来往就少了，毕竟久而久之不在一个圈层。就像我的一个学长，读书的时候是连续三年的"三笔字"冠军，一直是学校的一块金字招牌。后来从政一路顺达，2005年高升去了省城。他忙啦，同学有事去找他也老是找不到，关系便渐渐淡了。前两年他得了一场大病，从领导岗位上早早病退下来。他爱人时不时打电话给我们，让我们有空就到家里玩，说是平日里就见钟点工在家里晃来晃去，娃儿也只有周末能陪他们，特别想念老同学。

——那两个辞职下海的男同学，他们的辞职既在我们的意料之外，但又在情理之中。考进中师的人，关于"比上不足比下有余"早有认识，很少有人无缘无故便耐不住寂寞；虽然，相隔不到三十公里的地级市在建的二十多层电梯商品房，一套房子的价格，是县里的教书匠大半辈子不吃不喝也未必买得起的。那个辞职的城关镇小学副校长，有一对双生子，可惜孩子们在出生三个月后双双被查出患有先天心脏畸形，此后便是县城到北京的漫漫求医路，还有如流水般花样的医药费。要治好这样复杂的先心病，十年间前前后后需要三次大手术，小学老师那有限的收入远远不能支撑这笔巨额花费。2001年外贸生意正蓬勃兴起，他的亲戚中刚好有人在沿海有路子。他辞职下海的那天，在县里工作的同学聚在一起给他开欢送会，我也专门从市里赶回来给他送行。那天，他喝醉了，手里举着一根从野地扯的蒲公英，一吹，那些伞状绒毛飘荡着散落席间，他大喊着："将来我们不管落在哪里，我们的根子是不会变的，我们永远是光荣的中师生！"有人大声唱起了水木年华的《一生有你》："多少人曾爱慕你年轻时的容颜,可知谁愿承受岁月无情的变迁,多少人曾在你生命中来了又还,可知一生有你我都陪在你身边……"有人在一旁悄悄地抹着眼泪,也有人在动情的氛围里突然说要跟着他一起闯荡——对了,就是旁边这个男生,他在一个镇中心校教书,老婆去了广东两年,再也没有回来过。这两个男生从做外贸开始,发展到做连锁酒店,生意很大。他们为人仗义,听见哪个同学有难,立马解囊相助。

"我们大多数人安安心心做了一辈子教书匠。我教过的学生,国外的哈佛、麻省理工、剑桥,国内的清华、北大,一抓一大把。20世纪八九十年代的中国基础教育,中师生绝对算得上顶梁柱。"末了,杨大萍说。

转折

时代的转折悄然在发生。

1992年,国家积极鼓励年轻学子考大学,原本千军万马闯的那根窄窄的独木桥,渐渐加宽。教育政策的细微改变,牵一发而动全身。也是从这一年开始,考中专、考中师的难度骤然下降。那一年,杨大萍就读的地区中师涌入了资质不一的初中生。这些少年,有的是杨大萍初中时的学弟学妹,甚至包括让班主任老师伤透脑筋的"问题学生"。这是杨大萍考进中师的第二年，村子里一下子考出四个中专生、中师生，村支书都有些蒙了，孩子们一下子都这么能干了？那是统一庆贺还是一家家祝贺？一旁的妇女主任拉过村支书，悄悄道："我听说隔壁村有一个女娃儿考起了省城的大学。"

杨大萍的妹妹杨小萍是1996年考上的中师。那时，地区中师招收的初中生，已经几乎全是"中等生"。杨小萍与姐姐不同，即使在最艰难的时候，她都在母亲和姐姐的全力庇护下成长；所以，与年少老成的姐姐相比，杨小萍有着开朗活泼、无忧无虑的性格。就像杨大萍买衣服都考虑买大一个码子，这样后面身高体重变化都有余地，而杨小萍则仅仅考虑怎样才能更合身。所以，当杨大萍用第一个月的工资给妹妹买牛仔裙的时候，原准备买170的码子，因为妹妹刚刚进入青春期，还要继续长高；但杨小萍坚决不干，她要最合身的165，穿上刚刚合适，不长不短、不大不小。杨大萍初中时期门门功课拔尖，那时如果考"普高"，一定能考上地级市最好的高中；杨小萍朗诵、舞蹈、唱歌样样能干，偏偏数理化拉后腿。杨小萍初中快毕业时，同学们最好的选择已经是考重点中学继而考大学，但杨小萍的成绩顶多也就能考到一般的高中比如县一中这样的，未来考大学基本是奢望。与其白白浪费三年时间，还不如读完书先找一份工作稳定下来，所以，杨小萍也成了一个中师生。

命运却给了中师生杨小萍一个难得的机会。1999年夏天，大学开始扩招，一直担任中师学生会主席的杨小萍被保送到省城师范大学汉语言文学教育本科。实际上，这样的机会也不是凭空掉下来的。为了全年级仅有的一个保送名额，杨小萍从中师第二年便铆足了精力，做足了功课。

杨大萍很佩服妹妹的志向。杨大萍就读中师的时候，几乎没有保送高等师范院校的渠道，所有人一门心思想的是学好本领教小学。但杨大萍也听说，往后师范毕业不会再包分配了。对这个说法，她当时半信半疑。

1999年，国务院批转教育部《面向21世纪教育振兴行动计划》，提出到2010年，具备条件的地区要力争使小学和初中教师的学历分别提升到专科和本科层次。在《关于师范院校布局结构调整的几点意见》中，教育部就师范教育的体系改革作出部署：积极推进三级师范向二级师范的过渡和布局调整，形成以高等师范教育为主体，其他高等教育学校共同参与的具有开放性的教师教育体系。兴盛了一个时代的中师，就在看似平常的一年悄无声息地转型了。拿着一叠上级文件，某中等师范学校校长哀叹道："以前为小学教育服务的中师，没有生存的政策依据了。"是的，持续了很多年的情况是：幼儿园教师的学历是幼师毕业，小学教师标配是中师学历，初中教师多为师专毕业，高中教师则是师大本科学历。从1999年开始，这样的情况被迅速改变。

在杨小萍的记忆中，她踏进大学校门不久，就听说中文系好几个优秀的本科应届毕业生留在省城教小学，并且，她们是自己前去应聘的。这所省属师范大学，近两年已经不再为毕业生分配安排工作了。四年后，杨小萍排着队，在院系设立的用人单位招聘点位上投简历，对表情严肃的招聘方做着简短的自我介绍。宽敞的大学露天运动场里到处都是这样的摊点，看起来就像一个由买方和卖方借着不等的需求构筑起来的市场。2003年春夏之交，针对本科生的入校招聘方兴未艾。

在这所老牌省属师范大学，杨小萍等被称为"中师保送生"，在师范专业，每个班次几乎都有那么一两个。

他们进校时就带着普通话"二级"证书。在我国，师范类大学毕业生须在学期期末考试中通过学校开设的教育学和教育心理学课程考试，普通话等级必须达到二级乙等（中文专业为二级甲等）以上，方可在毕业时领取教师资格证。

他们几乎都曾是学生会或团委干部，所以从大学新生军训开始，中师保送生就是从一件件小事积累信任的学生骨干以及年级辅导员的得力助手。毕业之际，在挑剔的用人单位面前，中师保送生最大的优势就是"学生干部"的身份。中师保送生最大的劣势在于英语。在要求学生全面开花但培养前景"接地气"的中师，外语常常被忽略，许多中师生的外语水平仅仅停留在初中阶段。单词似曾相识，发音带着乡土气息,"英语四级"是中师保送生们最难逾越的一个关卡。介于中师保送生的外语学习现状,师范大学睁只眼闭只眼地网开一面:"英语四级"考试55分就可以拿毕业证和学位证。2002年初夏,刚刚结束学生会周例会的杨小萍得知这个好消息,甚至激动得跳起来。但"55分"仅能保证顺利毕业,如果要留校、考研甚至"保研",还是必须有一本绿皮烫金字的"英语四级"证书。杨小萍没有继续深造的打算,她最大的心愿是留在省城,哪怕和姐姐杨大萍一样教小学也成。杨大萍说,为了杨小萍给省城几个名不见经传的小学投简历的事,当年姐妹俩没少掰扯。

  姐姐认为,中师生教小学,大学生教中学,个别优秀的本科生还留校做大学老师,你怎么就这个志向?妹妹告诉姐姐,此一时彼一时,这几年扩招了,大学毕业生数量越来越多,一般师范院校的本科生在省城早已不具备特别的竞争力。再说,她喜欢省城,千方百计也要留在省城。其实,杨大萍也早就听说中小学教师文凭水涨船高,不光小学有本科生在教,初中教师大专生也越来越少。虽然知道形势不由人,但理想和志向终归得有。从一众中师生里拼杀到大学,杨小萍骨子里是要强的。她明白自己是个师范专业本科生,教中学当然是上乘之选,但要达成这个目标确实太难。她曾经接到一所中学的面试通知——这是唯一没有要求"英语四级"的一所中学,面试时居然要测试文言文翻译。之乎者也,本来《古代汉语》和《古代文学》就是杨小萍的痛点，是好不容易才没有挂掉的科目。结果可想而知。2003年9月，杨小萍在省城的一所老牌知名小学入职，做了一名小学语文老师。

2005年，在招聘师资学历没有突破的情况下，在江浙等一些省份的重点中学对招聘的师资来源有了更严苛的规定，如要求必须是北师大、华东师大等教育部直属师范类大学的本科；至于本省的师范大学，往往只有综合素质名列前茅的个别学生才符合基本要求。

"有一天，我突然发现，我所在的地级市重点小学，也不断有大学生进入任教，这给了我一种很强的危机感，虽然我在当地教育界已算得上年轻一代的'名师'。于是，而立之年的我开始奔波在找补文凭的路上。"杨大萍说。

这是四川省某地区中等师范学校在时代转折后的挣扎搏击。对这所前前后后有着半个世纪办学历程的老牌师范学校而言，能否"升师专"甚至直接关系到生死存亡。

2015年，教师资格证开始实行国家统一考试，对从事教育职业者，都要求具备大专以上学历。这所师范学校尚属中等职业学校，颁发的是中专文凭，没有开办全日制大专的资格。

为了培养符合要求的小学、幼儿园教师，该师范学校不得不将毕业证挂靠到其他有资质的学校。为此，学校一方面与全国不同省份的几所高等师范院校联合开办学前教育专业的五年制高职；另一方面，在省教育厅的部署下，培养五年制大专层次农村小学和幼儿园教师。但无论哪种形式，学校都只能将学历挂靠到高等院校名下，每年与省教育厅、各个合作高校进行商讨衔接，争取招生名额。"自己的命运掌握在别人手上"，学校的发展陷入全面被动局面。

这所中等师范学校的境遇是全国中师转型的一个缩影。

也有人注意到，一番改革后各种大专院校如雨后春笋般破土而出，反过来中西部省份的某些片区连一所真正意义上的中等师范学校都没了。现实是很多县脱贫攻坚任务重，中师有利于贫困学子就近读书深造并惠及条件艰苦的乡村小学。

从21世纪初以来，一大批中等师范学校停办、合并、转型、升格。在中国的许多省份，身处省城的大多数中师升格为大专或本科，地、市的多并入当地高校。而县市一级的则因为资源无法整合，各自为政，只能自寻出路：有的办起了初高中甚至小学，由原来的师范教育转为基础教育，有的则转型为中等职业教育学校。中师数量锐减，2001年只有570所，2008年更缩减至192所。在政策因素的导向下，中师最终一点点退出历史舞台。

比如，在湖南33所中等师范中，湖南一师（原省立第一师范）创办于清光绪年间，衡阳师范（原省立第二、三师范）、桃源师范（原省立第四师范）、长沙师范等一批知名师范都是百年名校，成立于民国初年。在高等教育稀缺的年代，这些学校一度被视为当地文脉聚集、领风气之先的最高学府。改革后，湖南省原有的33所中师仅保留了10所左右。

也有许多转型中的幸运儿。还是在四川，伴随着合并潮，各个地级市的师范专科学校纷纷改制合并，有的升级成师范学院，有的去掉了"师范"二字，有的甚至升级成了名副其实的大学。比如，成都师范高等专科学校位于温江，2003年与四川工业学院一起合并组建成为西华大学，2008年又吸收了四川经济管理学院，由此构成了现在的西华大学。

〖来自"20周年"同学聚会的信息〗

我能在那个紧邻省城的繁华地级市采访到杨大萍，都得益于杨小萍的牵线搭桥。我最先认识的是杨小萍。头脑活络善协调的杨小萍，已经任职于省城某区委宣传部，分管文艺工作。第一次见面时我告诉她，我是1998级的师范生，也是汉语言文学教育专业本科，于是三言两语，我俩便熟悉起来。一段时间后，她邀请我参加一个谋划已久的同学聚会。

2021年9月11日，是一个周六。上午九点，杨小萍和几个热心同学在省城西郊的一家酒楼里忙上忙下，亲自布置会场。还有三小时，汉语言文学教育1999级同学聚会就要开始了。局部的疫情反反复复，说来就来，7月底8月初筹备这场聚会时还遭遇了零星发作。给付酒楼定金时，杨小萍心中还很忐忑，直到前一天晚上一切平安无虞，她的心才渐渐放下。

杨小萍告诉我，这是一个延宕两年的聚会。

2019年9月他们就在计划20周年的相聚，但呼应者并不多。这与10年前那场同学聚会得到热烈响应的情形大不相同，杨小萍归结为毕业后经年间心态微妙的变化。2015年，他们建了一个年级微信群，参加过2009年那场十周年聚会的143个同学入了群。此后，同学们的工作生活状态便部分在群里可见。有人率先评上了"高级教师"或是评上了区级以上"优秀教师"，群里下起了一阵红包雨；有人任了省城某重点小学校领导，群里一片赞和鲜花；有人弃教从商，开了公司，在群里赠送某高级化妆品的电子优惠卡，群里接龙般的"谢谢"；有人为家里孩子的治病经费求助，群里火速捐款……也有五六个人悄无声息地退了群。原定2019年的那场20年的聚会，只有不到60个同学报名参加，最终只能作罢。这之后的两年，每个人原本隐藏的艰辛和苦闷，在一场突发并暂时未见终结的疫情中被显露和放大，一个复杂群体渐渐能够彼此共情，群体中的每个人紧密联结还能抱团取暖，所以，年级群里自诉冷暖甘苦的多了，愿意在恰当时机相聚的人也多了。

据说，这次延宕的"20周年"聚会，除去在省外工作以及周末临时有急事的，有将近100个同学参加，也就是说，在这个酒楼，包下了整整一层10桌。

上午十点半，陆陆续续有人来了。我见到了与杨小萍同为中师保送生的刘慧兰，当年她来自另外一个地区的中师。刘慧兰是大学年级里的学习楷模，她不仅在大二时过了英语四级，甚至大四时还过了英语六级，这在年级的师范专业中是屈指可数的。杨小萍打趣，这个刘慧兰呀，硬是杠上了英语，连在饭堂里打菜，都想着每一道菜翻译成英语该怎么念，嘴里叨叨的，旁人都像盯怪物一样盯着她看呢！

大学四年，刘慧兰每个考试考查科目都是"优秀"，因为担任班干部以及积极参加学校各类活动，每一年的综合素质排名也在年级前三。刘慧兰毕业后保送研究生，专业是"教材教法"，现在留校任教。刘慧兰跟我聊她带的那群师范生，一直反复强调一句话，"他们比我们脑子更灵活、更能干，他们不容易"。

刘慧兰提到了自己的一个学生，随时随地带着一台超薄型笔记本电脑，每天倒是早早到教室，一坐下就打开电脑忙活。老师上课时一个不留神没盯住他，他就埋头码字。后来大家才知道，这小子已经是某知名平台的签约作家，一部三百万字的网络小说在平台上连载极受欢迎，并且以五十多万的价格卖出了影视版权。这个学生脑子聪明，别看平时都在码字谋"副业",每个学期临考试前,找来课程PPT和课堂笔记,几天狂轰滥炸的温书复习之后,居然大多数科目都是"优秀"。还有一个学生,仪容和普通话都极好,疫情之前,课余时间都忙碌于做礼仪和婚庆主持人。据说,从大一下学期开始,就没有再要过家里一分钱。

在刘慧兰看来,现在的师范生学习的主动性更强。在她的大学时代,除了理科类师范专业的同学,文科类——汉语言文学、历史、政治等,这些师范生更多的时间在无忧无虑的闲暇中度过。而她正带着的学生们,都多多少少有一些"技能焦虑"。他们奔忙在课外学习的路上,如专业软件使用、摄影、工艺设计、创意写作小课堂,等等。因为疫情造成的校园封闭,这些五花八门的技能培训班在学校里如雨后春笋般萌芽,执教者可能也是学生——某些专业学生社团的骨干。

从一个师范生到师范生培养者,刘慧兰眼中,当下有一个不易觉察的变化正在发生:在中小学,过去都是单科教学,而当下和未来的教学,会出现越来越多的跨学科教学要求。刘慧兰所在的师范大学,师范生培养方案中也在着意增加跨学科课程设计能力的培养。所以,学生们现实中的奔忙与尚在务虚的方案倒是不谋而合。

"忙着多学一点,以后找工作的空间大一些。不当老师,还可以干点别的呀!"吴峰岚打断了刘慧兰对自己学生滔滔不绝的赞许。

从 2021 年 8 月起，便很少见吴峰岚在年级群里发言，过去他可是一个活跃分子。

吴峰岚当年是年级里的学生会干部，家住省城，毕业后进了一个重点中学教初中，但他在那里只待了短短三年就主动辞职，此后辗转干了好几份工作，最后跟一个小学退休的高级教师一起搞了一个培训班，主营学科类培训，包括奥数培训、作文辅导、作业托管，等等。最红火的时候，他的培训班次扩大到二十个，聘了十二个应届师范大学生，甚至与几个赫赫有名的重点中学搭上了关系，帮着他们通过奥数考试选拔"小升初"尖子生。在年级群里，他一直热情似火，谁在群里宣布一件好事，他第一个点赞发红包，并且动不动就是人均五元的"大包"。他一直跟在学校或教委工作的同学保持着密切联系。

2021 年 7 月那场"特大地震"的到来令人猝不及防。上半年，先是一浪高过一浪的"民转公"大潮，各知名私立学校"转公"的时间表赫然出现在各大媒体。要知道，近五年来，全国一二线大城市知名重点中学的初中相当部分都是"公参民"性质，孩子要读这样的"私立学校"，那得先挤破脑袋才花得了钱。从省城的情况看，从一所好小学考进一所好初中，再从好初中通过中考上一个国家级示范高中，是一个优秀的升学进阶路数。虽然这样一来，义务教育阶段的小学加初中至少要花费二十万，数目比较大；但在国人的传统观念里，"孩子为大",再多的投入只要用到孩子身上,家长也不会皱眉。所以,吴峰岚认定,无论是否"民转公",只要还有升学考试,就影响不了他的培训事业,他便没有关注这一波浪潮。6月底,有传言说从现在开始到未来几年,"小升初"只剩下"划片入读"和"摇号"两种形式。看到友人一副煞有介事的样子,吴峰岚暗暗想,重点中学的生源就是命脉,"掐尖"是他们永远不会放弃的手段;只要有"掐尖"存在,选拔考试就不可或缺。当然,这样的选拔考试是明是暗不可知,但只要有考试,就有培训的存在。山雨欲来风满楼,7月初,教育部放风,宣布对校外培训机构进行全部整顿,放言"将深化这些机构的治理工作,并将学生从校外教育机构解放出来"。2021年7月24日,中共中央、国务院办公厅印发了《关于进一步减轻义务教育阶段学生作业负担和校外培训负担的意见》(简称"双减"),明确规定学科类培训机构一律不得上市融资,严禁资本化运作。各地不再审批新的面向义务教育阶段学生的学科类校外培训机构,现有学科类培训机构统一登记为非营利性机构。那天,有朋友把这条链接推送给吴峰岚,他正和合伙人谋划着在另一个区扩张机构。待点开链接,匆匆读之,他的神色由淡然到惊惶再到黯然,读罢他搁下手机,朝着对面正摘下老花镜看向他的合伙人低声抛下一句话:"我们遭了。"

　　国家重拳出击,在应试教育及各类资本支撑下兴盛一时的课外教育培训机构迅速落幕，与此相关的各种讯息在2021年的夏天屡屡出现在各个平台：某大型培训机构一次裁掉上百应届生；在线教育雪崩，藏在家长群里的"水军"消失了……对吴峰岚来说，最直观的是，他的培训机构最受追捧的暑期班在"双减"落地后首次遇冷，对外开放的近三百个暑期学位在8月1日前只卖出了一百多个，与过去三年场场爆满的情形，形成了强烈对比。

吴峰岚的困境还在延续，上周有人建议他改做艺术类培训，因为这个国家并没有限制，但他对于转型并没有把握。他也听说，新政之下，许多重点中学的初中也在酝酿秘密"掐尖"，奥数培训必不可少。知情的家长心急如焚，所以也有培训机构对外及报备时称"艺术培训"，私下悄悄做学科培训。吴峰岚不愿偷偷摸摸，因为如果被举报，将面临不可承担的后果。

"我很快就会考虑解散员工，可惜那些正规师范大学毕业的年轻人，又得出去重新找工作。"吴峰岚说。就在几天前，一个平时看上去怯生生的女孩子，专门找到吴峰岚，告诉他自己可以吃苦、可以加班，也可以一个人扛下两个人的活儿，希望机构能留下她。

"双减"落地后，已经教了十二年小学、当了七年班主任的王锦感觉肩上的担子更沉了，因为《教育部办公厅关于推广部分地方义务教育课后服务有关创新举措和典型经验的通知》也在7月应时而至。通知中，教育部明确了推动课后服务全覆盖、保证课后服务时间、提高课后服务质量、强化课后服务保障等四点要求。王锦任教的小学直接规定学生下午四点下课后不离开学校，继续进行自习或课外活动，一直到下午五点半才正式放学。这让王锦的工作生活更有了战场的硝烟气。

王锦本是个"生活派"。从少年时代，就喜欢"生活多点阳光"。她高中就读于一所省重点中学的"文科班"，学习成绩不温不火，高考结束后填报师范大学，也是她本人的意愿。其时，师范生在校期间的福利待遇已经与计划经济时代大不一样：原先大中专院校的师范生由国家包学费、包住宿、每月发放生活补贴，毕业后包分配、有"铁饭碗"和干部身份，受尽了周围同学和家长的羡慕。1998年起，全国大部分省市都实行招生并轨改革；2000年，全国基本实现新旧制度的转轨，不再实行国家任务计划（公费生）和调节性计划（含委托培养和自费生）的计划形式，师范生缴费（自费）上学，即1999年之后的中师生、专科生和本科生一般来说都是自费生，并且毕业后需要自己找工作。王锦选师范大学，最初图的是当老师有寒暑假，加起来一年有三个多月都在休假，爽啦！相对地，王锦的大学时代也很轻松，那时的省属师范大学"严进宽出"，最痛苦的高三过去了，王锦一进大学校园就喘几大口粗气，然后用好奇的眼光打量周围的一切。她嫌学生会、团委太刻板。学校有将近二十个学生社团，生动活泼，甚合王锦心意，她一口气报了四个社团，包括文学社、朗诵社、舞蹈协会、吉他社。中文系课程轻松，常常大半天时间都空着，有的同学选择坐图书馆，有的同学做兼职，而王锦则活跃在社团活动中。

朗诵社的社长是化学系的学长，按理，这将来应该是个中学课堂上严肃得有点令人生畏的理科老师。但学长一身清新文艺范儿，梳着当时最流行的微卷中分头，着一身入时的浅灰色，倒有点像个电视文艺栏目主持人。可惜化学系主管学生工作的党总支副书记并不喜欢他，那个唇下留一簇小胡子的男人管学长叫做"职业革命家"。在师范大学各个院系，都不乏这样一门心思从事"社会工作"的学生。他们的"工作业绩"有多辉煌，学习成绩就有多惨淡，尤其是稍不留神就会"挂科"的理科专业。据说，这位学长挂了三科，通过补考勉强拿了毕业证，后来去了一家地级市的电视台。

王锦虽说专心社团工作，倒也没落下多少功课。大三的时候，她在社团里谈了一个体育系的男朋友，于是毕业后的婚姻家庭又成了她新的憧憬。虽然王锦自认一直"没追求"，但在外人看来，如今的王锦是个非常优秀的小学语文老师——多次在省城的赛课活动中获得一等奖，是学校里的"优秀班主任"；除了专业好，吹拉弹唱也无所不精，孩子们都很喜欢她，家长们也非常信任她。

"其实现在的小学教育是多元化的，素质教育比之应试教育，对老师提出了更高、更复杂的要求。"王锦说。

现在的工作情况，与她当初刚刚入职时的想法相去甚远，整天忙得像打仗：早上七点站在校门口等着学生们进校；根据小学生的年龄和心理特点备课授课；在群里与家长们交流；私下与个别家长联系或家访；批改作业，每天忙到深夜。除此之外，王锦还是两个孩子的母亲。"双减"后被占用的一个半小时，恰好是王锦忙里偷闲给孩子们准备晚饭的时间。这样一来，王锦必须利用中午的休息时间准备晚饭，午休也没了。

"既然当初选择了教师这个职业，面对不断变化的时代和形势，我们便不要去抱怨和叫苦，要去努力适应工作并尽量做得更好。"王锦说。

"人过中年，得好好保重身体，身体才是革命的本钱。"徐一晖告诉王锦，自己半年前因为突然发作的心梗差点没缓过气。

徐一晖是高中毕业班的班主任，在这个年级群，大约有三分之一的同学教高中。徐一晖执教的学校，是家长们通常所说的二类重点，刚刚才获批的国家级示范高中。徐一晖除了带一个班，还教高三年级三个班的语文课。一个月前，因为同事突然病假，他一整天足足上了七节课。晚自习结束后，他突然觉得心慌气短，额头直冒冷汗，眼前一黑，倒在地上，被120送到医院抢救,心脏的血管里植入两个支架。出了这样的大事,徐一晖也只休息了一个星期,就赶紧回到讲台:"学生们耽误不起啊,还有三个月就要参加高考!"此后,徐一晖寻了一套"养身操",见缝插针地锻炼身体。

杨小萍记得,徐一晖是在大四上学期实习结束开始崭露头角的。在"教材教法"课及频繁开展的试讲活动中与徐一晖一起突然耀眼起来的,还有一位"专升本"的女孩子。她一直不在年级群里。

从大一到大三,徐一晖默默无闻,除了上图书馆,平日几乎不参加学校活动。他的专业成绩很好,几乎所有科目都在85分以上,连让所有中文系大学生都恐惧的《现代汉语》《训诂学》《美学》都无一例外。但由于他埋头学习从不参加社会活动,所以"附加分"几乎为零,一个学期的综合测评下来,只能居中游,这个戴副黑边眼镜、寡言少语的男生也就泯然于众人。直到大四上学期末的一次公开试讲,徐一晖从容上台,微笑着说"同学们,现在开始上课",转身唰唰唰,黑板上就现出四个漂亮的粉笔字"荷塘月色"。那是2002年下半年,ppt等新媒体教学辅助方式还未进入课堂,教师的板书是顶顶重要的。徐一晖一边声情并茂地进行导入和设疑,一边在黑板上写着学习本课文应抓住的几个关键词。短短的四十五分钟,所有人都跟着他融入了教学现场。

那天,从早上八点开始,到中午十二点过结束,安排了四个学生试讲,每个人结束后还有10分钟的带教老师评议。不用说,徐一晖的评议结果是非常优秀的。最后一个试讲的就是那个"专升本"的女孩子,她讲的是《背影》。她的普通话极标准,很善于在场景细节叙述中引导学生抓住重要知识点,感情充沛,感染力强。直观地讲,她讲课的能力甚至比徐一晖还强一些。课堂上浑身散发光芒的她,与日常的她很不一样。她是大三时才到杨小萍班上的,之前在某师专就读。在这所省属师范大学,"专升本"的学生,几乎每个院系都有十来个。他们中途进校,与周围同学不大熟络。"专升本"起点低,这个女孩子总是谦卑地笑着,听人说话,很少发表自己的意见。如果有人问起她未来的打算,她说:"能留在省城教个普通的小学就不错了,我这样的情况还能奢望更多吗?"有同学不喜欢她,觉得她太"假",但更多人对她的态度表示理解:毕竟"专升本"嘛,不自信。然而这一堂试讲下来,女孩子一直刻意隐藏的企图心,在三尺讲台举手投足的自信发挥中显而易见。这天上午的试讲,有省城顶级中学的人来听课。据说,这所省属师范大学为帮助应届毕业生尽快找到合适工作,会在大四频繁安排这样暗藏玄机的试讲。徐一晖通过试讲得到了一次重要的面试机会,表现更好的"专升本"女孩因为初始学历问题错失良机。但是,徐一晖最终在来自全国各地五十多个优秀师范生参与的面试中落败,退而求其次进了那所"二类重点";"专升本"女孩凭着实力默默等待再一次的"一鸣惊人",最终进了省城的另一个顶级中学。但这些年她的发展情况,同学们并不清楚。她从不和大家主动联系,有人只在省城开会时见过她。

教中学辛苦,教重点中学更辛苦,教顶级重点中学的辛苦更是不可想象。在那所省属师范大学,放眼全校1999级师范专业的毕业生,如今甚至不乏副厅级领导干部和资产雄厚的私营企业家,但顶级重点中学的教师却寥寥无几。

中午十二点,参加年级聚会的同学基本到齐了,见面彼此一番亲热的寒暄问候后,便分桌而坐,一时间觥筹交错,热闹非凡。杨小萍代表组织者频频举杯,同学们欢笑呼应。我的访谈到这里,也就只能暂时中断了。作为被邀请的外来客,规规矩矩坐在席间,倒也听闻大家讲了许多有趣的故事。

事后,杨小萍觉得大家这次相聚还是有些拘谨,放不大开——有好事的不肯拿出来分享喜悦,犯着愁的也不愿惊扰大家,这样的情形,与2009年"10周年"聚会的情形大不相同。那时,同学们意气风发,每个人都端着酒杯讲述自己的得意之事;醉了酒,便抱在一起大喊大叫,引人侧目。现在,大家似乎都在努力管理自己的情绪。

"此一时,彼一时,毕竟大家已经人到中年。再说,他们大部分人已经当了二十年老师,老师日常的举止言行,不知不觉已经深深刻进了骨子里。"我对杨小萍说。

再度兴起的"师范热"

2019年夏天,杨大萍的女儿小妮高考超过省里划定的一批本科录取线90分,这样的分数,就近读赫赫有名的四川大学都没问题,但杨大萍给小妮填报了外省的一所老牌部属师范大学,专业是数学教育。算上杨大萍的祖父,这是杨家的第四代师范生。对了,杨大萍早逝的父亲,也是一个乡村教师,虽没有正规学历,却也在县里接受过一年的师范培训。

最初,小妮是拒绝当老师的。"我不想和你们一样吃一辈子粉笔灰!"小妮朝杨大萍吼道。

"哪有粉笔灰呢?现在上课都用新媒体课件。"杨小萍帮着姐姐说服侄女,"再说,现在当老师吃香呢,工作稳定又有编制,还有寒暑假。你去问问,连不是师范专业的985、211优秀大学生都争着考教师资格证,挤破了头地想进学校。"

小妮隐藏在内心的想法,是她有些瞧不上高中班的几个主科老师。他们与姨妈杨小萍年龄相仿,多数来自于川北的一所师范学院,当年属于本科"踩线录取"的大学生。倒退十几年,在西南省份地级市的中学里,师资来源大多限于本省。是呀,自己是不用使全力便能轻轻松松踏上"一本线"的"学霸",而老师们却是当年拼尽全力才刚刚够着"本科线"的"中下游"学生。所以,"优等生"小妮和她的好友们虽然表面上很听老师的话，但并没有多么欣赏或佩服自己的老师。这也是小妮排斥当老师的重要原因。

杨大萍姐妹却看得清楚，自1999年开始的十余年间，因为国家政策调整而一度陷入报考低谷的师范专业已经再度火热起来。近几年，师范类专业尤其是公费师范生，报考人数和投档分数线逐年走高，甚至出现了在同一所高校带上"师范"二字的专业分数线超出非师范类同专业的情况。"师范热"持续升温，有事业编制、收入稳定、社会地位逐步提高的教师职业备受青睐。

也是这几年，社会上开始出现指导考生家长填志愿的"专家"。被请来帮着小妮参考院校的"专家"是杨大萍中师时的同班同学，姓黄，大家都尊称他"黄老师"。当年黄老师几经波折留在了中师做学生管理工作，1999年之后中师历经合并和两轮"提级升位"，由中师到地区师专最后成为一个省属师范学院，黄老师也由年级辅导员一步步走上文学院党总支书记的位置。据说，黄老师对高考招生政策门儿清。在他的一番点拨下，原本很可能沦落二本的骑墙分数，竟能通过田忌赛马般的运筹，顺利拿到"一本"大学的通知书，并且是好专业。学生毕业时很快找到了满意工作。

杨大萍姐妹都说不动小妮，还得黄老师上阵，推心置腹：

"我们读大学的目的是什么？恐怕不是秀一秀自己考了个名气大的学校，让周围人羡慕一番，而是提前为自己规划好职业，简单来说就是生存与饭碗，这才是第一位的。"

黄老师给小妮举了两个例子：学生甲，高考成绩在地区名列前十，凭着个人兴趣填报了上海一所鼎鼎大名的综合大学，又读了听上去最时髦的专业，结果几年下来，考不上研又找不到工作，如今为了生存，在省城送外卖；学生乙，高考成绩刚刚跨过"二本线"，高不成低不就，最后填报了他（黄老师）所在的那所师范学院，还没毕业，县里的重点中学就向他抛出了橄榄枝。

几个故事绘声绘色地讲完，黄老师瞅了瞅小妮，见她似乎在思考着什么，眉头皱结，露出疑虑之色。

"哦，你是不愿意去县里工作？没关系，你的成绩好，可以填报教育部属师范大学的'公费师范生'。只要求回本省就业，到时只要联系到接收学校就可以留在省城或地市。"黄老师赶紧做了说明。

2018年8月10日，《教育部直属师范大学师范生公费教育实施办法》对部属师范大学师范生公费教育政策进行了系统全面规定，将"师范生免费教育政策"调整为"师范生公费教育政策"。该政策是指由中央财政负责安排师范类学生在校期间的学费、住宿费，并发放生活补贴，但学生四年毕业以后一般回到生源省份从事至少6年教育工作。"十三五"以来，6所部属师范大学累计招收公费师范生3.7万余人，有28个省份通过在学免费、到岗退费等多种方式，实行地方师范生公费教育。中央财政加大对师范教育的支持力度，中央高校师范生和公费师范生生均拨款标准分别提高了3000元和5000元。

在母亲、姨妈和黄老师等人的极力劝说下，小妮终于答应做一个师范生。"按协议入编入岗任教服务不少于6年，在此期间不得报考全日制研究生"，这条限制却是小妮难以化解的心结。

"不读全日制研究生又如何？我拿的成人自考本科文凭，你姨妈前几年不也是一边工作一边读研吗？"杨大萍开导小妮。

后来，小妮也在电话里自豪地告诉杨大萍，周末她和几个同学到培训机构辅导初中生的数学作业，遇到大家都嫌笨的孩子，她过去三言两语就把一个基本概念讲通了，孩子还能举一反三做难题呢。看来，自己算得很有教书育人的天分。

与"师范热"相呼应，师范生的培养蓬勃兴起：

2021年起，"优师计划"开始实施，其全称为"中西部欠发达地区优秀教师定向培养"，是每年在全国普通本科招生计划中专门安排1万名左右的优秀教师定向培养专项，由教育部直属师范大学和地方师范院校承担招生及培养任务，采取在校学习期间免除学费、免缴住宿费并补助生活费的方式，为832个脱贫县(原集中连片特困县、国家扶贫开发工作重点县)和中西部陆地边境县(以下统称定向县)中小学校定向培养一批优秀教师。

"优师计划"分为国家"优师计划"和地方"优师计划",国家"优师计划"由北京师范大学、华东师范大学、华中师范大学、东北师范大学、陕西师范大学、西南大学6所教育部直属师范大学承担培养任务,地方"优师计划"由省属高校承担培养任务,不一定全为师范院校,各省也有差异。

有人比较了"优师计划"和国家公费师范生的异同:

相同之处是:入学前都要签署协议,都是入编入岗,任教服务不少于6年,且违约都要承担责任;毕业前及在协议规定服务期内,不得报考全日制研究生,鼓励报考非全日制研究生。

不同之处在于:

从任教区域讲,"优师计划"是在规定县的中小学去教书,国家公费师范生是在规定省份的中小学任教,且公费师范生与学校之间是双向选择。这一点公费师范生比国家"优师计划"生拥有一定的自主权,同时,公费师范生在6年的协议期内,可以在学校之间进行流动。也就是说,公费师范生能选择的学校比较多,也可以慢慢选择一所位置相对较好且待遇也较好的学校进行任教。

从违约责任讲,公费师范生如果没有按协议履行义务,只需要退还已经享受的公费教育费用和缴纳违约金即可;"优师计划"师范生，如果没有履约，除了要退还教育费用，还会记录到个人诚信里面，以后考研、考公务员都会受到影响。

从教师资格证书的获取看：2021年起参加免试认定改革的高校公费师范生不需要参加教师资格证考试；"优师计划"则可免国家中小学教师资格考试申请认定而取得中小学教师资格。

就算"优师计划"尚有诸多不尽人意之处，但填报这项计划的考生很多。在小妮所在的那所知名部属师范大学，国家"优师计划"的人数远大于公费师范生，其中不乏按照原本高考分数可以读北京、上海等地顶级综合大学的优秀学生，也不乏来自北上广深一线大城市、家境优渥、见过大世面的年轻人。2010年以前，关于师范生的来源，农村生源占比接近70%，县城及县城以上的城市生源则比例明显小很多，这与师范生的免费政策及教师岗位的稳定性密切相关；同样，2010年以前，工作稳定并不是高校优秀应届毕业生的最优选，除了师范生，很少有其他专业的毕业生主动朝"当中小学老师"这条路子靠。现在一切正在发生变化。据统计，近十年，教师资格考试报名人数由最初的17.2万人次跃升至如今的1144.2万人次。

任何选择都需要认真权衡。黄老师从2021年起，应家长之邀指导填报高考志愿时，反复告诫那些为新兴的"优师计划"动心不已的家长们："虽说这个计划能让孩子毕业稳稳当当地端上铁饭碗，可他们的毕业去向是那些刚刚脱贫的县份乡镇甚至少数民族地区，条件比较艰苦。孩子如果从小养尊处优，不知能否在这些地方待上六年。"黄老师把细节说得很清楚，可家长考生都连连点头，表示吃得下这个苦。

"说是这样说，但毕业后他们真能在不发达的乡村里屈居六年时间吗？"黄老师很是怀疑。因为，这些准备填报"优师计划"的考生，将来可能被分配的学校，正是之前师范院校部分应届毕业大学生参加"国家支持贫困山区教育计划"去过的地方。那里是封闭的大山，师资力量贫乏，教学环境很差。在那里，一个支教大学生要承担起两三门课程，还要自己砍柴生火做饭，但应届毕业生支教通常在三年内结束，这段支教经历，也给这些年轻人正式就业增添了无形的砝码。经过一场艰苦的脱贫攻坚战役，这些乡村学校虽说硬件条件好了很多，但要跟城里比，依然差距巨大。黄老师为这些家长和孩子们感到隐隐的担忧。

近两年，师范类专业的报考热度，还不声不响地从高考传导到考研——

2022年，报考哈尔滨师范大学硕士研究生的考生总数达11105人，较去年增加了1874人，增幅达20%，报考人数首次突破万人。

2022年，第一志愿报考杭州师范大学的硕士研究生共计14025人，其中全日制13129人，非全日制896人。相比2021年，总报名人数增加3455人，增幅近33%。

2022年，报考西北师范大学硕士研究生人数达17272人，比2021年的13575人增加3697人，增幅达27.2%，报考人数创历史新高。

据说，还从中"涌现"出四个"最难考研"的师范院校：北京师范大学、华东师范大学、华中师范大学、东北师范大学。

在教育专家们看来，师范类报考热主要有三个因素：

一、政策利好。就在2021年，教育部还发布公告，提出修改《教师法》，不仅在收入层面保障教师过得体面，还将从荣誉表彰、住房优惠、医疗待遇、退休待遇等方面保障教师的社会地位。

二、受疫情和经济回落的影响，近几年就业形势越来越严峻，越来越多的考生及家长抱持求稳的心态，这也成为师范类院校招生水涨船高的重要因素之一。

三、由于考生常年在校学习，对社会了解有限，不少考生在填志愿时对大学专业的认知不够全面，对于未来也没有清晰的规划。由于师范类专业多为基础学科，一般有汉语言文学、数学与应用数学、英语、物理学、化学、生物科学、思想政治教育、历史学、地理科学、科学教育、社会教育、计算机科学与技术、教育技术、教育学、心理学、体育学、音乐学和美术学等，对部分尚不明确未来发展目标的学生而言，选择宽口径的师范专业，将来无论深造还是就业，未来可选择面比较广,这也是一些考生的实际考虑因素。

与此同时,也有专家在公开场合表达了自己的担心:教师这份职业很特殊,需要的恰恰是爱心,而不是功利心。考生填志愿时趋利避害,若带着如此功利心填报、纳入师范生培养,毕业后还能成为合格的"人类灵魂工程师"吗?

2021年9月那次杨小萍组织的同学聚会之后,我于2022年4月再次拜访了在省城某师范大学工作的刘慧兰。我与她在大学附近的一个咖啡店见面。那时刘慧兰正在主持一个省级教改课题,正是关于师范生跨学科课程设计能力的培养,"未来要成为好的老师,师范生首先在专业上一定要成为强者,努力具备两种能力——专业能力和教育能力"。

那天,因为课题论证会上相持不下的争论,刘慧兰迟到了将近半小时。近前来,一看便知她最近很是疲惫,还特意戴着粗框眼镜遮挡明显的黑眼圈。

刘慧兰告诉我,除了做课题,她还常常与几个在少数民族地区做"西部计划志愿者"的毕业生交流。他们都是她指导的毕业论文,后来越发熟络。

"虽然眼下'师范热'持续升温,但对于大多数师范生来说,就业在当下愈发困难了。"刘慧兰说出了她的看法。在她看来,现实问题不容乐观:

1. 教师每年实际需求量远远少于师范类毕业生,多数师范类毕业生成不了在编教师。

2.很多师范生毕业后不想当老师或者考不上教师编制，想转行做其他行业，却发现人才招聘会除了课外辅导机构，很少有企业需求自己这个专业。随着"双减"政策的落地，校外机构大量压缩，师范类毕业生的就业出口进一步压缩。况且，目前正在进行的"双减"，几十万家培训机构的上千万教师批量下岗，大批人会挤"公办教师"这根独木桥，这势必会加剧教师行业的大幅度内卷。

3.大城市及重点发达地区教师招聘条件在逐年提高。就像浙江省某中学公开聘用正式教师的录用名单，录用的总人数是16人，从学历学位情况来看，基本上是清一色的硕士研究生。

4.随着出生人口连年下降，未来很多行业会因出生人口下降而受到影响，首当其冲的就是教育及教师行业。

2021年，刘慧兰重点关注的一个将近六十人的师范班，进入中小学任教的应届毕业生不到一半，其余的要不工作待定，要不就设法做了西部计划志愿者。

西部计划志愿者，是由中央财政支持的全国项目按照公开招募、自愿报名、组织选拔、集中派遣的方式，招募普通高等学校应届毕业生，到西部12省（区、市）及部分地区贫困县的乡镇一级从事为期1~3年的支教、支医、支农、基层青年工作、新疆双语（原新疆汉语教学）、灾后重建、全国农村党员干部现代远程教育、西部基层检察院、西部基层法律援助、西部基层人民法院、西部农村平安建设和开发性金融等专项行动。

刘慧兰说,当了"西部计划志愿者"的学生们,因为各有所长,有的善写作,有的善协调,大家几乎都留在县里的街镇工作,每天奔忙于数不清的繁杂事务之中,仅仅常态化的防疫工作便让他们自顾不暇。

有学生跟刘慧兰说,感觉师范生四年间所学的一切知识,在基层一线的忙乱中都慢慢耗干了。以后如果有机会站上讲台,不知还能不能讲好一堂课。刘慧兰告诉他,任何时候,你的心里要有方向,清楚你究竟想做什么,眼里要有光,把今天做的每一件事都作为极好的锻炼,坚持再坚持。有学生明确地告诉刘慧兰,志愿者这一段结束,她会立刻报考研究生。想到这段经历会让她考研加分,再苦再累她都浑身充满气力。也有学生因为在机关表现突出,顺利通过当地公务员考试,进入体制内。

"在这个时代,万事皆有可能。"刘慧兰说。

我与她说话间,数个男女学生拿着尚散发着新鲜油墨气息的求职简历,谈笑着从咖啡店旁的打印店走出来。两个学生看见坐在咖啡店露天小院里的刘慧兰,便忙不迭地给她打招呼:"哎,刘教授好!""好呀,加油!"刘慧兰朝她们挥挥手。

"教育是一项塑造灵魂的事业，若选择了做一名师范生，也就是主动选择了责任。作为培育下一代的未来教师，师范生尤其需要对职业的敬畏心——无论未来面临什么，只要知道，我始终有勇气走上三尺讲台就好。"刘慧兰接着对我说。

（根据受访者要求，部分人物为化名）

（原发于《山西文学》2023年第1期）

老厂记

我想还原这些老厂和老兵们半个多世纪以来的故事,用我1979年生人的视角听闻和记忆。他们与我们走过的时代,息息相关。

——题记

一、"三线厂"往事

1980年1月，我在出生三个月后被父亲和祖母带到这座地处四川盆地山区的电机厂，又在尚不晓事的时候离开这里，以致只有一点儿零星记忆。有我的诚心探访，有老辈子的讲述和收藏，才打开了那条隐藏在岁月中的非虚构的通道。

这座名为"东方"的电机厂源于当年的"三线建设"。东方红，太阳升，那是一段特殊的岁月。

三线建设，曾是中国史上空前的神秘战略工程。1969年末，"珍宝岛事件"致使中苏关系紧张，备战的气氛在建国才20年的新中国悄然升起。1964年至1980年，贯穿三个五年计划的16年中，国家在属于三线地区的13个省和自治区的中西部投入了占同期全国基本建设总投资的40%多的2052.68亿元巨资；400万解放军官兵、工人、干部、知识分子以及成千万人次的民工，在"备战备荒为人民""好人好马上三线"的时代号召下，打起背包，跋山涉水，来到祖国大西南、大西北的深山峡谷、大漠荒野，风餐露宿、肩扛人挑，用艰辛、血汗和生命，建起了1100多个大中型工矿企业、科研单位和大专院校。

国家一声令下，心底无私的人们，不论从"一线"到"三线"，还是从首都"空降"小县城，甚至从繁华之地迁到荒凉戈壁，孑然一身或拖家带口，都绝无怨言。

"那时候的人，面对国家的需要，讨价还价自己都会脸红。更不用说军人之家，在任何情况下，都是令行禁止。"老辈子说。

老辈子出生于1949年12月。那一年，他原籍东北的父亲随着第二野战军解放了大西南。三个月后，已晋升为副团长的父亲被组织上调回哈尔滨，转业后在哈尔滨电机厂工作。1959年，国家决定在西南这块穷山沟里建厂，六年后，又要求各地派出精兵强将支援。

"厂里要派人再'南下'。我是党员，又是领导干部，已经交了申请，由我带师傅们南下。"那天是星期六的傍晚，老辈子的父亲回来，看过住校的孩子们从学校带回的功课，才慢慢踱到厨房跟爱人说，一脸询问忐忑的模样。爱人是他的战友，也是东北人。原先在宣传队打快板，如今是厂里宣传科的科长。

闻言，爱人手中削土豆的刀一顿，刀锋斜着落到手指上，鲜血直流。父亲有些手忙脚乱。"没事，我自己去拿胶布。"爱人站起身，不想让父亲看到自己两眼红红。其实父亲是记得的，当年接到回东北老家的命令时，爱人高兴得扭起了秧歌。

"要去多久？"

"说不好，看组织安排。哦，四川不错的，咱们之前不是在那里待过几个月吗？那里的冬天不像这里，贼冷贼冷。"

"知道了，让我想想。"

那天，晚餐餐桌旁，一向热络的夫妻俩相对无言，只有孩子还兴奋地游说父亲下周去学校讲"解放军在四川扫除棒老二"的光荣事迹。

等到睡觉时，父亲刚拉熄电灯，孩子妈却突然打定了主意："你去吧，不管待多久。还有，明天我打报告，和你一起去。"

"那孩子怎么办，跟着我们一起去山里？"

"他是军人的孩子，应该跟着走南闯北。"

习惯冲在前面的父亲第一个打申请，随后带着妻子儿女再赴西南。

"我现在还记得，父亲带一家子来的时候是冬天，坐了火车转汽车，沿路都能看到绿色的树、流动的小河。我吃惊地哇哇叫，因为那个季节，东北已经只剩下光秃秃的树干和上了冻的河水。我长到十几岁，第一次看到这种景象。"老辈子说。

事实上，许多援建的大型机器设备在数千里的漫漫路途中损坏了，白手起家不可避免。那个年月，刚刚在山沟里安顿下来的老兵发现，自己甚至连本地粮票都没有一张。

"厂子挨着层层梯田，农民在这里放猪、放牛。厂门还没修好的时候，牛羊时不时溜进厂区，厂区就像个牧场一样。"

20世纪60年代中期，老辈子的父亲和战友经常出差去成都、重庆，有时只是为了买个合适的螺丝钉、螺丝帽、铅丝等小零件。

如今厂里还用着的厂房和灰色砖瓦结构宿舍楼，甚至是当年的援建职工们自己动手烧砖，一点点盖起来的。这些"泥瓦匠"里面，不乏曾经爬雪山过草地的红军、参加过"百团大战"的八路军、占领过南京总统府的人民解放军，还有从海外归国的机电专家。

这是如今关于电机厂的一段介绍，足以佐证那段山沟里的"创业岁月"：中国东方电气集团有限公司始建于20世纪50年代末期，集团所属发电设备制造企业大多建立于20世纪60年代我国"三线"建设时期。

老辈子的弟弟也是在西南出生的。他出生的那天，山沟里的这座大厂鞭炮轰响、锣鼓喧天，露天大坝的台子上人们齐唱《东方红》，大家都在庆祝戈壁滩上第一颗氢弹爆炸成功。数十年后，老辈子继承父亲的遗志，在"三线厂"工作，作为一个技术干部；调皮的弟弟听着父亲的行军打仗故事长大，梦里头都在触摸五角星，十六岁参军入伍，2004年离开部队，成为第四批自主择业的转业干部，辗转一番后回到东北，与大森林里曾经的伐木工一起做观光旅游行业，此是后话。

我的父亲则是重庆大学一位教授的儿子，出生在1950年。在那个"工人最光荣"的年代，拒绝了父辈"继续留在校园，多读一点书"的建议,先是考入机械制造中专,毕业后分配到重庆郊区的一家电机厂,1970年主动申请支援"东方厂"建设。1986年底,因为父亲要解决与母亲常年分居两地的问题,他这才申请调动离开。

在这座电机厂里,更多的人都是离开大城市,响应祖国召唤奉献青春的。许多人曾以为终究可以回到故乡,只是,他们没有想到,这一走就是一辈子,甚至他们的儿孙都没有了故乡的任何印记。遥远的早已变得面目全非的大城市,只存在于他们的回忆和梦境中,存在于每每端上桌的一盘盘正宗的家乡菜里。

在老辈子家做客时,与新中国同龄的老人给我展示了他精心收藏的那些相片。立秋后的四川盆地,临近傍晚总是阴雨绵绵,与旧照片上透出的爽朗气息,形成一种反差。

"几十年前的老照片都在里面。这种相册现在看不到了。你瞧,照片整整齐齐地盖在覆膜胶纸下面,要放进或取出一张,还得掀开整层胶纸……"老辈子小心翼翼地翻动旧相册。一页页脆化的塑胶薄膜,覆盖着岁月留存的影像。抹不去的微黄,将年代感笼罩其上。照片上的人,透着真心的笑容着实好看。

"你手里拿的这张,是我跟你婶的结婚照。70年代的年轻人,都带点婴儿肥,跟现在人审美不一样,穿得也朴素,我俩这身化纤布料算时髦的。"老辈子说,指着相片上齐齐身着蓝色工装的年轻男女。

"喏,下面那张是我父母年轻时在成都的合影。他们身上,可是1949年的老军装,胸口上印着'中国人民解放军'的字样。

"那些,全是在刚落成的水电站留的纪念。

"哦,那是夏天,林子里好多波斯菊,跟一个老伐木工的合影。他请我吃他们抓的野味哩!"

二、天南海北

"好汉别老提当年勇啊!"老婶子从临近客厅的开放式厨房里扭过头来,用夹着浓浓上海味的普通话,揶揄搁不下"三线厂"往事的老辈子。

那天,老辈子家里很热闹,儿孙宾客会聚一堂,老婶子和两个儿媳在厨房里为晚饭忙碌。酸菜炖白肉、小鸡炖蘑菇的浓香分明已经扩散开来,不想端上桌的第一碗菜却是红亮亮的水煮黄鳝,紧跟着是沪式炸猪排。东北味、川味和沪上本帮味的调和,让我想起这个20世纪60年代建成的近万人的超级大厂,到底混着天南海北。

有人做过统计,东方电机厂早期的职工有60%来自哈尔滨电机厂,其中一大半是转业复员军人。他们从东北的大城市落脚到四川盆地这处不起眼的山坳里,作为第一批援建人员。

山坳里的厂子家属区,每至傍晚饭菜飘香。渐渐地,东北炖菜与四川本地的回锅肉、豆瓣鱼一样,开始频繁出现在闷罐房子节日的餐桌上。曾在部队炊事班长期帮厨的东北阿婆还有一身做"大锅菜"的本事。遇到小年夜之类的日子,大脸盆盛着的酸菜白肉烩菜,便会在阿婆热情的邀约声中,热腾腾地端到坝子中间的大桌上,左邻右舍围坐一堂。

除了东北人,厂里还有上百的上海人,包括在黄浦江边土生土长的老婶子以及一批重庆人、山东人。

盆地气候潮湿、溪沟众多,盛产黄鳝田螺,可在上海人落脚山坳以前,这些东西跟水田边大肆生长的杂草一般,被当地农民所厌弃。老辈子说,以前常常能看见皮带长、两指宽的鳝鱼在田埂边的水畦里挣扎,却没人弯腰去捡。20世纪60年代末,上海工友的陆续到来,使得这些水产很快成了俏货。

红烧田螺、响油鳝丝……在精明有算计的上海人手里,竟然令得被人弃之不用的杂物改头换面。

不过,重庆人也有吃黄鳝的,只不过不是上海人的这种做法。与我祖母交好的黄婆婆就是老重庆,她有一次在公共厨房见到上海嫂子做鳝丝,就一脸诧异:一点儿姜丝、蒜渣跟黄酒就能弄掉那东西的土腥味?不加几勺豆瓣酱、放些干辣子哪行?

到我快七岁的时候,粮票肉票已经用途不大。傍晚,厂门口常常可以看见农户担着挑子叫卖黄鳝、田螺。

天南海北的人们除了带来天南海北的口味，还有各自的爱物儿。比如，波斯菊，这种厂里夏秋两季最为常见的花，正是援建的东北人带来的。这外来户蓬勃生长的势头，竟慢慢胜过那时盆地里最占强的紫茉莉。紫茉莉也是夏天开，院子里外就见它开得灿烂，花是紫红色，花形活像一只只小喇叭，结的果子外头有一层黑壳，抠开来，里头满满的白色粉子，据说可以做胭脂，孩子们最喜欢玩。等有了五颜六色的波斯菊，紫茉莉便被抢光了风头。

"这东西好啊，小学时我在哈尔滨郊区读书，一个月才回一次家，一丛丛波斯菊就在哈尔滨电机厂门口，随风晃动，像在说欢迎回来！"老辈子说过。

波斯菊闻其名便知是种来自国外的植物，花期很长，可从每年五月底开至十月底。波斯菊在国内栽培甚广，以至于拉萨、波密甚或羌塘高原，万物繁盛的季节，一丛丛大肆招摇，很多人误认它就是藏区推崇的"格桑花"。但在儿时，幼小的我却确信，波斯菊的故乡一定是黑龙江；因为，那时除了厂区里机器隆隆的响声，当过兵的大嗓门的东北师傅带四川小徒弟的有趣掌故，印象最深的，便是老辈子们给小孩子描述的大兴安岭林区见闻。那时，水电站上马多，电机厂师傅自然见多识广。春夏之间，山林盛开波斯菊，阳光透过茂密枝叶愉快地洒落下来，花朵随着植物才能感知的微风轻轻颤动,像在歌唱一般。秋天慢慢来临,花儿便默默掩去娇媚,开始了生命的另一段旅程。它睡去后,曾经娇俏的身体化成了水,滋养林间大树的挺拔。入冬,伐木工人在及膝的冰雪中战天斗地,一声声"迎山倒啦",高大的林木便一棵棵慢慢躺倒,变成一段段带着年轮记忆的圆木。待到第二年冰雪融尽,它们随着黑龙江水一路漂流……林间,花儿又醒过来,生根发芽,伐木工人在春天的林场里快乐着。

老辈子与伐木工的合影是在波斯菊盛开的江畔。上游的大坝刚刚建成,清早,一排排圆木扎成捆,被人们合力扔进江里,漂到下游自有人负责捞取加工,奔腾向前的江水实在是免运费的好工具。午后,几只在林子里觅食春芽的傻狍子被伐木工用气枪打到,晚上又可以"大块吃肉,大口喝酒"。

老辈子跟我说到"伐木工人"时,两眼放光,有一种身份认同的自豪感。战天斗地的伐木工人与听从国家召唤的"三线老兵"一样,在那个年代无比荣光,林中的娇媚花朵是伟岸英雄的最好陪衬。

20世纪70年代末,老辈子随厂参加葛洲坝发电机组建设任务,外派到长江边,在春天的泥泞里随手撒下波斯菊的种子。半年多的时间,他竟亲眼见到花朵生根、发芽、成长、开花,小小草花蓬勃的生命力不由引发他一阵感叹。

但遍地扎根、见惯风吹雨打与贫瘠土壤的波斯菊,是经不起精心服侍的。当年我在省城念大学时,嫌阳台对着灰扑扑的天空太没生气，暑假到"三线厂"看老辈子的时候，特意带了一棵到寝室，并将它种在花盆里，和几个室友一起又是浇水又是定期施肥，害怕窗口"当西晒"还自己动手拿塑料袋制作了一个"小雨棚"。可波斯菊不仅没在初夏开花，还在夏末腐根而死，更没有留下种子。

三、"红柴厂"印象

我七岁的时候随着父亲的工作调动，离开东方电机厂来到成都内燃机总厂——成都人一直习惯叫它"红柴厂"，红旗柴油机厂的简称。哪怕，现如今这里已是一片新兴小区和绿地公园，如果在成都市区打车，目的地报"某某路某某小区"是没用的，你还得跟司机说声："去红柴厂！"

半个多世纪前，"红旗"是许多大型机械制造国企厂的名儿。闻其名辨其义，它们绝大部分是军工企业或者前身是军工企业。

那时，父亲已提前两个月入厂。祖母带着我乘客运汽车，左转右转，拖着行李，还提着电机厂的东北人们硬塞入怀的各种零碎。至今犹存的9路公交车，从成都北站开往天回镇。在越来越接近北郊的时候，随着驾驶员的一脚刹车，叫站声即刻跟上："'动物园站'到，去'红柴厂'的也赶紧下了啊！"

于是我们祖孙俩便盘起背包和铺盖卷吃力又缓慢地下了车。

街对面，隔着一条排水沟，是算得上有点儿规模的厂门，白底黑字的厂牌竖着挂在一侧，很醒目。祖母识字，便牵着我径直往里走。眼见着一个太婆拖小孩带行李直接往厂里闯，看门人立刻把我们喊住。细细询问一番之后，看上去五十来岁的大爷方才放慢语调，渐渐浮起笑："李婆婆啊？这边是厂区，往右手边再走点才是家属区，你儿子肯定是在那头等你。"果然，顺着墙根朝右穿过一条三十多米长的狭窄的自由菜市以后，又看见一道大门，没挂任何牌子，但里面是望不到边的宽阔。父亲正站在大门一侧焦急张望。

"红柴厂"同样是一个庞大的工厂，数千职工加上他们的家属，最鼎盛的时候有近万人。厂区和家属区横亘绵延大片，被双水、荆竹等几个村子包围。

成都内燃机总厂前身是成都动力机械厂，解放前就有，解放后被军队接管，之后交给地方。很长一段时间，这个大型国企也是军队转业干部在四川省的重要安置单位之一。

1958年，成都动力机械厂从通惠门迁至昭觉寺南路。当年，这是属于公安部企业，同时接受省公安厅和省机械厅、农机厅领导。

1969年，工厂转为地方性国有企业，更名为四川红旗柴油机厂，交由省、市共管。

1980年，四川红旗柴油机厂更名为成都拖拉机发动机厂。

工厂的锻工车间独立出来,成立了成都锻造厂。同年,成都拖拉机发动机厂更名为成都柴油机厂。

1985年,成都柴油机厂在原有基础上组建了成都内燃机总厂。

我到成都是1986年,成都内燃机总厂组建的第二年。或许省会城市资源紧张,厂里分给我们一家四口的是"7栋"的一套不到二十平米的宿舍。"7栋"是全木质结构的砖瓦房,曾在2008年的地震中受损严重,被列为危房,但仍有人不信邪地坚持住在里面,直到2010年以后"北改"拆迁。

宿舍房间狭小,没有独立的卫生间和厨房。邻居们一边共享公用空间,一边相互串门。串门带来的不仅有美食、出差带回的小礼物,更有各种不辨虚实的人物故事。

比如,有人说,看厂门的是个与美国大兵肉搏过的志愿兵老战士,从死人堆里活出来的,很厉害。有个女人一直以妹子的身份跟着他,在厂里做临时工,扫地。

对的,就是那个曾指给我们家属区位置的大爷,现在我还算有点印象,但他看着瘦巴巴的,好像背还有点驼,或许我记得不太真切了。

他和妹子的故事很传奇。当然,可能有不少民间杜撰的成分。有段时间,读小学的我还专门趁着子弟校下午放学的时间,专门溜去传达室瞅那个"英雄"大爷,可惜最终也没觉得他哪里生得和常人不一样,只是他确实有根拐杖。读大学前,我向一位老车间主任再次求证这段故事,他听罢呵呵大笑:"我不清楚啊,不过英雄喜欢隐居,或许看门也是隐居的一种方式?"

但有的故事却是完全真实的。1956年3月,一个叫川口的日本人携眷来到中国,从此一住十八载,其间无法回国。夫妇更名改姓,乔装成中国人,以国家干部的身份,参加中国的社会实践。20世纪60年代,这对日本夫妇就"隐"在"红柴厂"。"这是一家有五千多名干部和工人的国企,加上家属,有一万多人生活在厂区,俨然一个小镇。"他们回忆道。川口被分配在工具车间钳工夹具班,主要工作是修理气锤。中日建交后的1973年12月,这对夫妇才辗转回到自己的祖国。他们的整个壮年时代都留在了中国,留在了这座老厂。

在这里,每个人都有故事。

四、那些意气勃发的故事

20世纪80年代中期,学习的风潮席卷了"红柴厂",亦伴随着两条全新生产线的上马。

厂里教育科办了工人夜校。夜校在一个小山坡上,借用的是子弟校的初中教学楼。那时子弟校初中不上晚自习,工人们五点半下班,匆匆吃过晚饭,便奔向那栋灰色的两层小楼。

母亲常常带着我在厂外的田野散步，抬头可见厂区高处的灯火通明。我知道，以理科见长的父亲正在教室里教数学课。

父亲教的班里，有工具车间和翻砂车间的工人们。他们的数学基础不一，有的刚上到初一便中断学业，有的参加过1977年冬天的高考但遗憾落榜，有的一直坚持自学甚至学到微积分；所以，教师备课、讲课便有了难度。两个学时九十分钟的课，父亲一会儿讲高中几何，一会儿讲初中代数，看有人打瞌睡又讲点数学趣事提提神，间或还趁着讲一些数学家的故事上升到高等数学。"一句话，得全盘兼顾。"父亲说。但总体说来，年轻的或已人到中年的工人们，一定比子弟校白天上课的孩子们还要专注。

隔壁的教室里，为装配车间工人上课的也是一个工人。这绝对是一个特例，因为工人夜校的老师都是厂教育科的干部或者车间里的工程师。这位站在讲台上的三十出头的阎姓年轻工人，早在1980年便通过自学，再结合工作实践，经过前后五年多的精心收集、计算、整理，创新编写出约一百万字的金属零件消耗计算手册。省市相关部门及出版社为此联合召开了审查会议，后来这部手册正式出版了。

小阎是一位复员战士。这位曾经的铁道兵，曾参加过世界屋脊"青藏铁路"一期工程，对技术活儿的热衷，正是从战天斗地开始的。待我对这位能人有深刻印象的时候，他已经被人们唤作"阎书记"——红柴厂一个分厂的党总支书记，喜欢穿黑色外套,袖子上长年累月戴着蓝色袖套,面容和善,嘴角时不时地上扬。

其时,中专毕业的父亲和教育科的同事,在他们科长的大力鼓动下,正积极准备成人自考。恢复高考后的七八年,成人自考在老厂里很是流行。教育科长的经历,本身也算得十分励志。

当年,他是一个十九岁的男孩,参军不久即随部队参加"三线建设"进驻四川深山老林。机缘巧合,他与驻地地质队的一个漂亮女孩相爱。女孩是个成都人,独生女,接父亲的班到地质队的。那时,地质队的待遇很好,而养猪种菜的小战士前途未知,况且部队也不允许战士与驻地百姓恋爱。对于这段恋情,女孩的父母更是全力反对,甚至到部队找过男孩。但他们悄悄坚持着,因为在彼此眼中对方都那么独特:女孩独立勇敢,常年手拿一只勘探锤,独自在山里行走几十里地,四处渺无人烟;穿着军装、干着粗活的男孩温文尔雅,自幼书香门第的熏陶,让男孩一举一动充满书卷气。就在这对情侣为了在一起而做出各种努力时,一个难得的机遇来到女孩面前。女孩作为工农兵学员被单位推荐保送读大学——位于重庆合川三汇坝的四川矿业学院。女孩怀着忐忑不安的心情找到男孩,跟恋人说了这件事,想听听他的意见。"这是件好事啊,我全力支持!"没有一丝犹豫,他对她说。1977年9月,中断了十年的中国高考制度恢复,刚刚复员、初中毕业的男孩借来高中数理化课本，开始挤出时间补习功课。1978年夏天，男孩悄悄填报了四川矿业学院，甚至与女孩一个专业。然而，这一切都是秘密进行的。直到学校9月份开学，女孩的一位熟人惊诧地告诉她：看见你们那位来报名了！女孩大吃一惊，继而泪流满面。后面的故事就不用讲了，男孩改变了命运，与恋人终于能够相守。

勤奋又幸运的教育科长，鼓励那些被时代耽误的步入中年的科员，努力抓住每一分钟，学习、学习、再学习。自学考试前夕，他甚至默许科员们把复习资料带到办公室，上班时帮着打掩护。

我的父亲因为当年一时的意气没能"多读一点书"，后来仅用了两年时间就修完十门课程，拿到了成人自学考试的本科文凭。还记得，厂外的小河边，父亲坐在沾着晨露的草地上大声诵读英语，来不及梳理的短发倔强地翘着。童年的我规矩地站在一旁，拿一块硬纸板，摇头晃脑诵读上面的宋词"凄凄惨惨戚戚，乍暖还寒时节，最难将歇"，不时偷瞄河里舒服泡澡的水牛。

1988年，两条全新生产线正式启用，从车间到全厂，各级技术竞赛都在轰轰烈烈地进行着。教育科长和年轻的"阎师傅"已经成为红柴厂的榜样人物。那时，徒弟胜过师傅的故事在"大比武"中屡见不鲜；但是，如若被徒弟胜出，师傅不仅会没面子，接下来可能发生的事，是徒弟渐渐大过师傅，甚至成为师傅的领导。在那个朝气蓬勃的年代，论资排辈一度不再提倡。父亲说过一个笑谈：厂里有个高级工程师，是液压机修理高手，可是每次修理的时候，他当着众徒弟，总是把手伸到机器里面，搭上机壳，几番鼓捣，退出来后，便说一声好了。机器隆隆运转，却没人看见他之前的任何操作，成了谜团一个。

随着"时间就是金钱"的说法越来越为人所熟知，原本一板一眼的"红柴厂"也灵活起来，销售员成了跑得最勤的人。勤来自"供不应求"，最初是拖拉机的动力设备供不应求，后来是汽车——卡车、客车。有一个佐证来自我母亲那里。母亲在成都客运车站上班，从20世纪80年代后期开始，旅客不断增多，多到客车不够用。那些较远乡镇的旅客，一早拿着自己地里出的东西或者养的鸡鸭，搭车拿到城里卖，傍晚又背着空背篓搭车回去。新的客车不断在车站出现，而车是需要发动机的。

20世纪80年代末，"红柴厂"的销售员一年也难得在家几天。哪怕是正月初一，若是业务来了，给小孩子扔个十元钱的红包后，马上就要赶火车走。但家人对他们却是欢喜大过埋怨的，因为他们是家里挣钱的顶梁柱。那时，销售已经允许提成，而且有传说讲，厂里几个胆大的销售员悄悄把设备卖给了私人，私人一倒手赚的便要翻几倍，销售员和私人一起分钱。虽不知传说的真假，不过，厂里最先买上"东芝"

牌彩电的，确实是几个销售员。

五、转折，选择

变化于时光流逝中一点点儿发生。

在距离成都约一百公里的东方电机厂，那些挑着黄鳝、田螺叫卖的周边农户，他们的孩子后来渐渐成为厂子弟校的小学生和初中生，厂里孩子戏谑地叫他们"农民娃儿"。"农民娃儿"吃力地推着高大崭新的男式自行车，站在厂家属区简陋的柏油道上，鄙夷地打量那些不到三十平米的闷罐房子："哈，我家刚起房子，三层楼的，有十几个房间哩！"

"下海"这个新词，经由春晚的某个小品发明，在这个超级大厂逐渐流行开来。当年援建的老兵们，焦灼不安地教育自家不安分的儿女："厂子就是家，家就是厂子，你一个人跑出去，离井背乡不难受吗？"

"东方厂"主营作为发电站核心动力的电机，改革开放的四十年，也是加强基础设施建设的四十年。半个多世纪以来，厂子一直在国家的基础设施建设中发光发热——大小水电站不断上马，甚至包括超级"大坝"。所以，与同在四川盆地的富顺"晨光厂"等一些军工行业"三线厂"相比，电机厂的效益一直如日中天，甚至20世纪90年代的国企改制风潮对其也未曾有太大影响。

"四川人都知道,咱们东电是个好单位,连成都的女孩儿都愿意嫁进来。"老辈子告诉我。

伴随着共和国电力事业的发展,经过几代"东方人"半个多世纪的创业与拼搏,如今的东方电气集团,已经发展成为世界最大的成套发电设备供应商和电站工程总承包商,堪称中国重装工业的一颗璀璨明珠。

可长大的"三线厂"子弟们为了新的理想,到底不顾父辈的劝阻,四散奔走在全国各地,从事各行各业的都有。十几年后,许多人已经是国内新兴行业的领头人。

老辈子的父亲,自从1965年再次来到曾经战斗过的大西南的,再也没有回过故乡。他带着一家六口住在厂里分配的狭小的职工宿舍里。老辈子接了父亲的班,做的是水电站装机的大活儿,数十年全国跑遍,且跑的都是大江大河。20世纪90年代初厂里集资建房时,按分数排位选房,老辈子得的分最高,于是搬进了将近九十平米的两室一厅,在朝南的阳台上种几盆波斯菊。

老辈子的两个儿子都没有留在电机厂。

出生在1975年的老大,读的是厂头定点办的技校,毕业出来在厂里做了几年销售,搭建了一些人脉之后,就不顾老辈子的劝阻出去单干。小小的公司在二十年间几经沉浮,虽说没赚到太多的钱,可人却一直充满斗志。

与我同为1979年生人的老二，从小就算有心机、有主见，但又绝不轻易顶撞父母。在老大出来工作以后，老辈子曾经一门心思想让老二读大学。我们念高中那阵，社会上已经开了许多数理化补习班。老二不仅被家里送到德阳城里读高中，还报了许多补习班，一周下来，只有星期天上午能休息半天。但老二成绩并不理想，且已经打定主意要走另一条路了。那天在老辈子家，于云南服役的老二刚好也回家休假。他偷偷告诉我，关于他参加1998年高考的情形：

"虽然坐在高考考场上，但我的心很平静。之前我已经顺利地完成了高中毕业考试，并且在高考前夕去理了一个平头——剪去了留了很久的林志颖式的中分头。表面上看，是向老师和家长表明我高考的决心；但其实，我自己已经做出了选择。每门考试我都空出两个大题不做，结果可想而知。父亲看见那个低得惊人的分数，立马认定我不是读书的料。"

老二顺利地拿到高中毕业证，缠着老辈子做了半年思想工作，终于在1998年底参军入伍。入伍后的第三年，老二考上了军校，学的是炮兵指挥。现在，他是陆军某部正团职军官。

老二让我抽空写写他的父辈们，虽然他们没有做过什么惊天动地的大事。

"如今有谁还会记得那些一心为国的三线人呢？有谁知

道他们当时背井离乡的感伤？当年的三线人，如今已经衰老，有的陆续离开人世，时间真的不多了。其实，我当兵也算得上一种精神传承吧，对于我的祖辈父辈，我充满敬意。"

对于"红柴厂"来说，20世纪90年代初便开始经历命运的变更。

计划经济向市场经济转轨，轰轰烈烈的国企改制拉开序幕，效益可观却又存在严重同质化竞争的"红柴厂"率先被架上"战车"。那时，全国已有上百家生产内燃机的国企，具千人规模的也有十余家。当时有人判定，"红柴厂"属于可以引入外部力量、做大做强的那种。1993年，成都内燃机总厂与美国通联信托投资公司合资，组建了成都开维内燃机有限公司，成为成都工业区最早一批组建的合资企业之一。对外的报道称，工厂要开始走国际化方向了。可惜，美好的开端并没有迎来美好的结局，因为，改革期的尝试大都是"摸着石头过河"。意外接二连三地发生：从国外引进的生产线因为技术问题迟迟不能上马，连零部件都必须进口；费尽心力组装的生产线上出来的产品，与国内普遍使用的车辆不相匹配，前者太高端了；连续一年销售量大幅下降，许多人提出还是生产销售原来的"抢手货"，可是已经"回不去"了，因为原先的两条生产线全部撤掉了……在连年亏损中，"下岗"出现了。

2001年，已在20世纪90年代的改制中站稳做强的昆明云内动力股份公司与成都内燃机总厂重组，成立成都云内动力有限公司，与一汽金杯、北汽福田、东风、江淮等国内汽车制造厂建立了长期稳定的供销关系。也是在2001年，红柴厂家属区门口，下岗职工、军嫂红姨开的"北方水饺"店，在中午或晚上的饭点，总是围坐一桌桌的临时工，大都是20岁出头的小伙子，染着头发，穿着有破洞的牛仔裤。他们是新成立的成都云内动力招聘来的临时工，从外面的技校毕业，跟新厂签了三年的劳动合同。在守旧而纪律严明的红柴厂人眼里，正式工与临时工还是有很大的区别。过去，临时工仿佛是贬义词：临时工的待遇差，没有季度奖；临时工不能分房，只能租点平房搭出的"偏偏"住，两块钱一个月。一个老干部离婚后找了个临时工，一时间在厂里成了笑谈。但新厂大批招入的临时工，虽然一时间与正式工泾渭分明，可还是给红姨带来了更多生意——凌晨五点多就起床，早上九点前就和好面，拌好肉馅。若是在寒暑假，红姨读大学的女儿还会来帮忙包饺子。

"哼，年纪轻轻的，不愿意吃食堂，又不想自己动手做饭。想想这些人加工出的东西，不知要出多少废件！"头发花白的高级工程师说。他曾经牢牢捂住自己的"秘密"很多年，退休都不愿意把手艺传给徒弟。

但老兵阎书记却看好这群喜欢聚一起"吃馆子"的临时工。阎书记留在新组建的云内动力，很多临时工是他亲自招、亲自带的。"这些人好学又聪明，挣钱勤得很。"他说，"小年轻凑一块儿聚聚，一则放松心情，二则互通信息。"

新厂从2002年起开始实行"计件工资"，无论原先的正式工还是临时工，一视同仁。事实是，厂子的效益不断提升，临时工的钱也越拿越多。随着"红柴厂"的"老人"搬出去跟儿女住，临时工更多地租住在厂里，直接催生了家属区的半边街——原本是成都内燃机总厂时期靠着主干道的一溜小平房，后来外头的人租了来，经营各种生意，卖冒菜的、卖串串香的、开蛋糕房的、开小超市的，热闹非凡。

2008年，成都云内动力有限公司迁至龙泉驿区，原先位于青龙街道辖区昭觉寺南路的220亩旧厂区土地腾出，仅剩下衰落破旧的"红柴厂"家属区像"孤岛"一般留在川陕路一侧，直至"北改"最终来临。

六、向前，向前

在"三线厂"老辈子那里看见的某张旧照片：河边，老辈子年轻的侧影像个思考者。听说，那座小水电站下游的河道，后来不见了一种鱼的踪迹。那些披着闪亮宝绿色鳞片的鱼儿对下游居民来说，曾经唾手可得。

其实，原先父亲也给我讲过他在电机厂工作期间的一些见闻：在长江的某段，大坝落成的当年春季，就有无数需要洄游繁殖的大鱼不断尝试着跃过十余米高的"路障",哪怕撞死。周围的村民闻讯一拥而上,带着盆桶,来江边直接捞取它们白花花的尸体。

"青山绿水就是金山银山,如今环保排在首位。国家严格限制水电站上马,以后厂子里的年轻人走南闯北的机会少了。""三线厂"的老辈子向我感叹。因为业务精简规模压缩,如今电机厂已经由近万人的超级大厂瘦身到四千人左右的中等规模。

"你这是老思维,谁说走南闯北的机会少了?现在厂子发展自主创新,通过'一带一路'建设,业务已经走向全世界了。前阵子,你们厂里有年轻人派到非洲做业务去了。恐怕,将来出国的人比你更有见识。"老婶子与老辈子辩驳,又看向我:"妮子,看问题一定要用新眼光。"

我点点头。是的,看问题一定要用新眼光。

就像"红柴厂",新厂搬走后留下独立于川陕路旁的家属区,占地约149.62亩,在2010年后的大规模搬迁改造后,呈现在人们眼前的是一大片新兴社区和绿地公园。这里是崭新的"新北天地",紧挨大型超市、沙河景观带和商业风情街区。这也是与赫赫有名的曹家巷搬迁改建工程几乎同时展开的"北改工程"。

眼见挖土机推倒曾经熟悉的一切,家属区的人们有万般不舍。毕竟,许多人在这里住了大半辈子,他们见证了一个老厂的兴衰变迁,一个国企的起起落落,一代人的理想和没落。虽然,历经年岁洗刷之后,这里一度沦为成都市有名的"棚户区"——筒子楼,老房子,十多平米的空间蜗居一辈子;走廊上堆满了燃气灶煤气罐儿;没有独立的厨房和厕所,公共卫生间在三百米开外。但美好的回忆毕竟还在。

我也分明记得,正月间,狭窄的楼道一早被新春的喜庆唤醒,几户邻居之间的谈笑与锅碗瓢盆的碰撞交织在一起。隔壁比我小一岁的小罗妹,闹着要端罗奶奶手头那碗金黄的蛋煎糍粑,却被奶奶支使去打水,沾着红糖汁的小嘴不高兴地努着。"来来来,过年吃糍粑,长长久久,喜事多多!"罗奶奶念叨着给邻居们分送糍粑。从早上到下午,我们小孩儿就忙着在楼下空地放鞭炮、捏响豆、踢房;或者从这头跑到那头,去看那个卖丁丁糖的老头来没来。

但是,城市面貌毕竟会不断刷新,人们的生活也要朝前。棚改之后,人们走出蜗居的小地方,走进摩天大楼里,走进新建小区里。历史就是这样一步步改变的。

习惯了这个区域的人们就近选择了周边的小区,大家还是邻居。老去的阎书记常常召集战友们到新小区聚会。

对于早已内退的另一位老兵张叔来说,"单位",从年轻时就常常挂在口中的词,带着一种归属感。他1981年转业就来到这个单位。如今他的单位——红柴厂早已不复存在,可逢年有工会的人来看望,他和老伴总会预先做好准备,桌上满满当当地摆上各种糖果。

2018年8月,我去了趟黑龙江,到了大兴安岭。本来,一直期待看看这个"三线厂"老辈子口中的超大原始林区——处处被波斯菊点缀的大森林,看看一根根圆木在江中漂流的盛况。我去大兴安岭的时候,是林区最美的季节——波斯菊盛开,但再也不可能看见圆木漂流了。几年前,这里已经全面禁止伐木,现在所有的森林都受到保护。

走南闯北的老辈子讲的故事终归是故事,伐木工人真实的生活曾是如此艰辛。白雪皑皑,他们顶着零下40多度的低温踏雪采伐,靴子踩进积雪中嘎嘎作响。整个采伐期都要住在山里,他们准备了土豆、白菜等便于存储的食物,饮水只能就地取材。小河冻干的时候,就要刨冰,从远处拉回来化水吃。在老工人的记忆中,一个伐木工背十五公斤重的油锯,一干就是一天。全面停止商业采伐后,采伐工人们不得不转岗就业。林业部门不断探索现代林业发展模式,伐木工人的角色正逐年转变。在采伐队伍里,和老人家一样干了大半辈子的伐木工人不在少数。就像电机厂的老兵们,曾经为了支援国家建设背井离乡,扎根在最艰难的地方,现在为了保护环境,必须眼看着厂子转型;就像红柴厂我的父辈们,曾经默默承受改革开放带来的阵痛,但他们都在调整自己的心态,适应新的时代。

我看见,大森林里带着俄式异域风情的旅游度假村点缀在其间，昔日的木材运输履带车变成了搭乘游客的"爬山虎"，美丽的波斯菊招摇在公路两旁和花坛里，是与周遭最搭配的装点。

（原发于《散文百家》2020年第12期）

她们

　　窗前，妈妈给我梳头，很多年没有这样了，从我高中住校开始。她梳起我额前的碎发，扎上小小的蝴蝶结。从半闭的玻璃窗里，看见我模糊的影像，有些稚气。这样的发型却是婆婆在小时候常给扎的。睁眼，醒了，原来这是午睡间的一场梦。

——题记

【一】

"你妈这人就是脾气坏。"当年,婆婆做家务时的消遣"小零食"里必定有这"一口"。

我吃着婆婆买的零食。吃人嘴软,我附和婆婆,还列举出妈妈新的罪状。但妈妈脾气坏我确有体会,虽然,十岁以下的小孩对性格之类的东西不会有明晰的判断。

婆婆一边用老人特有的腔调絮絮叨叨,一边把码好米粉和作料的五花肉一片片搁在红薯块上:"晚上吃粉蒸肉。"

婆婆脸上,余怒未消,嘴角的皱纹还扭着结。我喊的婆婆是奶奶的意思,川渝都习惯这么称呼,显得很亲热。

婆婆与妈妈大清早拌了嘴,婆婆不高兴了一天,可这并不妨碍家里最好的一顿依然是晚餐。

20世纪80年代初,买肉还要肉票,大荤绝对是难得的好东西。我刚学会啃排骨的时候,妈妈是长途客车的售票员,隔几天回一次家。在她归来的当晚,饭桌上常常便摆着红烧排骨或者回锅肉或者卤肥肠,使得小小的我在平日吃着莴笋叶时也有了念想。后来妈妈当车站调度,不用在外面跟车,可以天天回家,于是,晚餐也日日精彩起来。

婆婆怄着气,被盆地冬季的阴湿冻得红肿的手指,灵活地在蒸屉间忙碌。我撒娇地靠在婆婆微弯的背脊,一只手摩挲藏青的棉衣,另一只手顺势摘掉上面的花白发丝。

"李婆婆,你也别气了,好歹你儿媳妇给你生了个这么乖的孙女,瞧把你黏的。"

孙婆婆抱着她那只洗得干干净净的杂毛京巴,站在我家厨房门口。她住在隔壁。邻居们彼此乐于分享,就像孙婆婆把挑到的肥膘肉切成细细的小条,上浆炸成"羊尾酥",装盘分发。那时的肥膘肉很是金贵,年轻人去割肉,家里老人都会叮嘱一句:"越肥越好啊!"大家住的闷罐房子不隔音,邻家的故事也会有意无意地被分享。

一套闷罐房子,除了厨房被一条长长的公用走廊隔开,其余三间加起来不到二十五平米的屋子被一线连起来。婆婆住在进门的第一间屋子里,那里兼着客厅和饭厅的功能;最里面的一间屋子是父母的卧室。我原先和婆婆睡在一起,后来又挪到中间的屋子里。妈妈在车站上班,五点过就要动身,她从里面的屋子出来,从我和婆婆的房间穿过,洗洗涮涮,哐哐当当。我年纪小、没心事、睡得沉,老年人本来就少觉又睡得浅。这样久而久之,冲突便发生了。

事情本不大,却足够老人家气上一整天。家家有本难念的经。那经是啥,无非就是些鸡毛蒜皮的琐事,摊开来看,好多都是情非得已。

待蒸肉的白气冒了出来,婆婆擦擦手,与孙婆婆等一块儿坐在屋前的小院坝打起了纸牌。婆婆们嘴里都唠叨着自己媳妇的不是、自己儿孙的不懂事，愤愤地说着说着，不知谁带头，讲了个年轻时的闺房笑话，后来大伙儿都呵呵地笑了起来。

"妈，我带了点薄呢子料回来，颜色紫黑，挺适合老年人，眼看要翻春了，您拿去做件外套。"

"唔，我看看，还可以……以后也不要专门花钱弄这些，我穿的东西还够。"

妈妈下班回来，同院坝头几个老婆婆打过招呼，又主动与婆婆"和解"。很快，粉蒸肉的香味也出来了。

十年后，厂子周遭的荒地渐渐冒出许多高楼。爸爸厂里也修建了集资房，有八十多平米，在山坡上。房子虽小，却是两室一厅。妈妈专门给婆婆收拾了一间朝南的屋子，带着一个小阳台，摆着婆婆原来在小院坝养的兰花和紫茉莉。"可惜你婆种的那两棵魔芋带不走了！"妈妈有点儿遗憾。魔芋开花奇大无比，突兀高挑，只是味道有些臭，总能引来几只绿头苍蝇围观。

过了两年，婆婆去世了。临走的前一天晚上，她在病房里一字一句地教妈妈怎么炖猪蹄才够软糯，仿佛这才是最重要的遗嘱。除了婆婆外，我和爸妈都喜欢吃炖猪蹄。万恶的胆囊癌在婆婆体内，以结石的名义埋伏了很多年，让她吃不得油腻。生命的最后，她念叨着要吃炖得软软的青笋头。妈妈做了喂给她。婆婆虽然只吃下了两小口，却一直称赞着，继而将自己最体己的手艺告诉了妈妈。

那晚,妈妈安静地听着婆婆的一字一句,手扶在婆婆肩上,任她那白发稀疏的头紧靠自己的胸膛。我的记忆里,她们从未如此亲近。虽然,隔着十九年的时光,具体的语言、婆婆最后的模样、妈妈脸上的表情,都不那么清晰。

〖二〗

妈妈老说,婆婆在的时候妒嫉她,妒嫉她和我爸恩爱的样子。

我说,她怎么可能嫉妒你?她的儿子多个人关心,不是更好?

妈妈说,你不懂。

爷爷1976年夏天就去世了,我是1979年出生的,从来没见过他。从我记事开始,婆婆就一直跟我说,爷爷长相英俊,个头高大,最后入殓时,他的腿从灵床上伸出好长一截。爷爷特别会吃鱼,读书了得,从四川大学毕业就进了重庆大学电机系当教授。每次爷爷从老家回重庆,都要带上一大罐婆婆亲手炒制的泡豇豆牛肉末。总觉得婆婆对爷爷的种种称赞有溢美之嫌,但这个定然是真的。因为爸爸说,爷爷患了胃癌,生命的最后时光,唯一能吃下的食物就是婆婆炒的泡豇豆牛肉末。豇豆是婆婆拿老盐水腌的，牛肉是婆婆积攒了好久的肉票换的。七十岁的婆婆说到逝去的爷爷，被密密的褶子压得细细的眼睛，里头分明有小小的星子闪耀。婆婆那么喜欢爷爷，但两人并没有在一块儿过，一个在川西坝子，一个在山城。我年少时并没去细想缘由，但听妈妈说，婆婆爷爷跟外公外婆一样，属于旧时的包办婚姻。

娘胎里定了亲的外公外婆很是恩爱。外婆十四岁从乡下打着赤脚来城里，找到在烟厂做工的十六岁的外公。几十年过后，两人退休了还想为六个子女攒点钱，在电影院门口，一个摆摊卖雪糕，一个在一旁不歇气地为老伴打蒲扇。

婆婆、爷爷又是怎样的呢？妈妈不肯告诉我。

婆婆去世几年后，我才从一个好事儿的亲戚那里听说了她和爷爷的往事：婆婆爷爷早年由各自父母做主订婚，可爷爷在大学里有了女朋友，他父母以断绝供给、断绝关系相威胁，逼着爷爷回来成婚圆房。个头矮小、不识字的婆婆，是断断不能被爷爷接纳的，更何况那俊秀多才的男子心中，只有一个独立敏慧的女大学生。爸爸出生在1950年，是那个年代罕有的独生子。爷爷不愿接婆婆一同过活，只是在爸爸十岁时带他到重庆读书。爷爷喜欢吃婆婆做的菜，却临死也没让婆婆陪在身边。婆婆孤独一生，却不愿与爷爷离婚；爷爷终其一生，未能相伴挚爱。

二十多岁时，我隐隐能够理解妈妈所说的"嫉妒"了。毕竟，婆婆身边只剩下承继心爱丈夫血脉的孝顺儿子,她怕自己再被至爱离弃。我也慢慢明白,为什么婆婆投入大量精力到厨房里。在那些物资匮乏的年头,婆婆清明前后去田间地头采回刚刚冒苔的棉花草切碎,与糯米面混合,包上豆沙馅,蒸上一大锅喷香的"清明馍馍",左邻右舍都有份儿;拿每个月剩下的最后一点儿肉票,换回别人都不要的猪肺,对着自来水龙头反复灌洗,抹盐抹姜汁,最后和白萝卜一起清炖上桌,哪怕不蘸辣酱,都没一点腥味。

感念着婆婆做的可口小菜,爷爷逢年过节会准时回四川老家,让这个一直都仰慕着自己丈夫的女人得到一点儿生活的欢乐。生命的尽头,妻子亲手做的小菜,成为丈夫最后的陪伴。世间有一种不可言说的情感,经由岁月浸染,渐渐深入骨髓。

留恋着母亲的家常菜,爸爸一参加工作,便把婆婆接到身边。从此,小小的单身宿舍,饭菜生香。

【三】

其实,被婆婆"妒嫉"着的妈妈,年轻时特别容易和爸爸闹别扭。

常常是这样:爸爸一边不知所云地跟妈妈还嘴,一边唤妈妈去帮他忙:"那件衬衣,就是你前两天收下来的那件,左右都找不着。你保密工作做得好吧!"

妈妈经常说,你爸这人不但装木,还无趣得很。无趣这点特别赞同,我帮腔。

爸爸不抽烟、不打牌,逢年过节喝点酒。20世纪八九十年代,国企俱乐部特别流行晚间跳交谊舞。舞会一般九点不到就结束,跳舞的都是本厂职工和家属,彼此很熟识。妈妈在一个姐妹的游说下,也跟着去跳舞。但两次过后,爸爸就坚决不让她再去了。

"那种舞是坏人跳的,男的女的抱那么紧,像个啥?"爸爸一本正经地说。

"你们厂头那些跳舞的都是坏人?"妈妈哂笑。

"他们还没明白过来。"

"哦,那你看看电视,那些跳舞的是谁?"

屏幕上播放的电视剧,延安的几位伟人在窑洞与外国友人跳着交谊舞。妈妈得意地看向爸爸,片刻语塞后,爸爸抛出一句:"那不一样。"

妈妈有时劲儿一上来,会蹬着脚扯着嗓子喊:"我怎么会嫁给你这样的男人!"

"对呀,你怎么会嫁给我这样的男人?"爸爸自我揶揄。

妈妈嘴上爱埋汰爸爸,管得也严,可骨子里终究是崇拜他的。她崇拜爸爸知识高,崇拜爸爸通过自学考试拿到本科文凭。她脾气暴躁，爸爸把买肉的钱全数在新华书店换成一大摞不经吃不经用的书，也只见她沉了会儿脸，事情就算过去了。她爱炫耀，在一大堆中年妇女的家常摆谈中，滔滔不绝的是爸爸出类拔萃的笔杆子以及"一条腿下海"、从国企内退却能替"大老板"出谋划策的本事。说者意气勃发，听者敷衍一笑，因为，那群女人并没有在妈妈身上看见爸爸发达的任何迹象。

青年时代，我违逆着爸爸，我把我的一切挫折归结于"父亲遗传的低情商"。我愤愤地解构爸爸曾描述的一切骄傲。在我刻意制造的一次次父女冲突中，我暴躁的模样，像极了年轻时的妈妈。而渐渐老去的妈妈，坚定地站在爸爸一边，劝阻、责骂、哭泣，用尽全力维护爸爸。

人到中年，叛逆与锐气也在真实而多面的生活面前慢慢消退。我平静下来，连一向快如钢炮的语速也放缓了。爸爸妈妈彻底老了，尤其是妈妈，枯槁泛着点点老年斑的脸上，终日难见情绪起伏。那是一种老人最常见的神情，一如当年的婆婆。

老去的爸爸喜欢研究电子产品，后来竟把智能手机琢磨得透透的。在爸爸指点下，妈妈学会了玩微信，还自己把头像设置为她牵着五岁的小外孙女漫步春熙路的图片。

老去的妈妈生病了，却依然坚强着。2006年，妈妈做完大手术，腋下挂着引流管，剪成板寸的短发全部白了，走路轻飘飘的，着实让人心酸。半年后，她竟一点点恢复了生机。国庆时，山城重庆拥挤的公交车上，她拒绝了年轻人的让座，抓着扶杆，直挺精神地站着，任由半开的车窗透进的江风吹拂那已经过耳的银发。

【四】

去年，妈妈差点走失，因为清明在坟上与大舅母吵了一架，突发神志不清。爸爸私底下悄悄找我，非要我带着妈妈去青岛玩。因为妈妈到底还没有离开过川渝，怕她留下什么遗憾，而青岛是爸爸年轻时去过的感觉最舒适的海滨城市。

在我和爸爸的连续游说下，妈妈终于同意八月份出去看看。出发头一天，妈妈细细收拾了一箱子的东西，甚至包括两根小调羹。我一直抱怨物件太杂，她坐在小凳子上，一边依次折叠着几张小毛巾，一边说："这些出去用得着啊，燕来吃饭习惯拿调羹舀。"燕来是我的女儿，从小由妈妈带着。

我和爸爸带着妈妈和女儿，坐上了前往青岛的飞机。本来专门给妈妈留了一个靠窗的位置，妈妈却执意让燕来坐那个位置，她坐在燕来旁边。飞机离开地面，妈妈和燕来都扭头看向窗外："外婆，我看见我们住的房子了，变得好小，就跟胶泥做的一样。""燕来，你看，云朵升起来了，好漂亮。""嗯,像绵羊,像雪山。"飞机上了千米高空,四周都是厚厚云层,妈妈才扭过头来,指着像条小壁虎般趴在窗上的燕来,跟我说:"小孩子就是开心。"一脸满足。

原以为海滨城市自然是凉爽怡人,谁知却高温闷热。妈妈朝我讲:"你爸不是说这里特别凉快么?""二十多年前我来过,这里确实凉快,或许是现在环境被破坏,气候变了。"爸爸在一旁讪讪的。顶着干辣阳光,我忙忙地撕扯纸巾搽着头脸颈子各处奔涌而出的汗水,突然妈妈递过一张脸面大的小毛巾:"这个拿着,好用些。"这是出发前一晚妈妈特意带上的,四个人四条。柔软的毛巾散发家居的香味,果然吸汗又舒适。

海洋馆里,色彩艳丽、奇形怪状的海洋鱼类让妈妈十分好奇。她在养着一群燕状小鱼的缸子前停下脚步,端详片刻:"这些鱼养在客厅里倒满好看的。"

"肯定养不活,那是海水鱼。"我说。

不过,生活得特别实际的妈妈居然说出这样的话,还是让我很惊讶。在我印象里,妈妈没有种过花花草草,就连婆婆从邻居那里拿来的小鸡长大后也被妈妈变成了一罐鸡汤。就在昨晚,妈妈一边心疼地斥责我乱点菜太浪费,一边把剩下的菜汁也全部倒进自己碗里。也许,数十年柴米油盐足以磨去一个人的烂漫理想,可想要的生活到底还沉睡在心里。当初,年轻的扎着麻花辫的妈妈是否也曾想着在狭小的新房里养上两条金鱼？也许是这样吧。

路过浙江路的天主教堂时，妈妈牵着燕来，看见广场上伫立的一对对新人正以教堂为背景拍着婚纱照。妈妈让燕来看那些披着长长婚纱的新娘，燕来惊呼："新娘子好漂亮！"

妈妈说："你将来长大也会当新娘子。"

"那我的新郎是谁？"孩子天真地问。

"当然是你喜欢的男孩子。"妈妈说。

（原发于《散文百家》2019年第1期）